सागोयाना

सागोयाना

महाश्वेता देवी

अनुवाद

सुशील गुप्ता

वाणी प्रकाशन

वाणी प्रकाशन

4695, 21-ए, दरियागंज, नयी दिल्ली 110 002

शाखा

अशोक राजपथ, पटना 800 004

फ़ोन : +91 11 23273167 फ़ैक्स : +91 11 23275710

www.vaniprakashan.in
vaniprakashan@gmail.com
sales@vaniprakashan.in

SAGOYANA
by Mahashweta Devi
Translated by Sushil Gupta

ISBN : 978-93-86799-58-6
Novel

प्रथम संस्करण
मूल्य : ₹ 200

सिटी प्रेस, दिल्ली-110 095 में मुद्रित

वाणी प्रकाशन का लोगो मक़बूल फ़िदा हुसेन की कूची से

एक

हिम में भीगी, सूखी घास-फूस
त्रिपुरी दरोगा तोड़े आगी का मालसा
ना करो ऐसा काम, त्रिपुरी, ऐसा ना करो,
इसी घास की ढेरी पर, सोया है शशि महतो,
आग लगा देवेगा वह, सगरे जंगल में

उस समय भी यह गीत रचा नहीं गया था, त्रिपुरी ने यह गीत नहीं सुना था और गीत में सारे बोल उलट-पुलट थे। दारोगा को आग का मालसा (मिट्टी का बर्तन) कहाँ पाते? शशि महतो ही भला घास की ढेरी पर क्यों सोया हुआ है? कभी उसका घर था, घर में मचान था, घर के छादन पर मुर्गे बैठते थे, तब शशि की नींद टूटती थी। दल-बल समेत हुल्लड़बाज़ लड़का

था। रंग काला, नाक चिपटी! होठों के हँसने से पहले, आँखें हँस पड़ती थीं। भरपूर जाड़े में भी शशि पड़ोसी की आफत-विपदा में नंगे बदन दौड़ पड़ता था। उसके सीने में आग की मालसा धधकती थी। उसे जैसे ठण्ड लगती ही नहीं थी। शशि झारखण्डी आन्दोलन करता था। सन् 1978 की 6 नवम्बर को उसी काम से चाइबासा गया था। वह तिताहातू गाँव में नहीं था।

चाइबासा-गोइलकेरा जंगल-सड़क के बीचोंबीच तिताहातू गाँव! पहाड़-जंगल का देश! छोटा-सा गाँव! पच्चीस घर बाशिन्दे! सबके सब मुण्डे लोग! वहाँ पच्चीस बीघे ज़मीन में भी खेती नहीं होती थी। जंगल के कन्द-मूल-फल-पत्ते ही आसरा-भरोसा थे। बटोरी हुई लकड़ी और शाल पत्ते बेचने का ही काम चलता था। गाँव के पहान, बूधा मुण्डा की बात सभी मानते थे और बूधा शशि को मानता था।

जंगल-उन्नयन-कार्पोरेशन तिताहातू जंगल घेरकर, वहाँ के शाल पेड़ काटकर, सागौन के पेड़ लगाएगी, यह ख़बर सुनकर शशि गोइलकेरा दौड़ गया। बी.डी.ओ. के पास। बी.डी.ओ. शशि को पहचानता था।

"क्या बात है, शशि?"

"सुनने में आया है कि जंगल के शाल पेड़ भी काटकर सागौन लगानेवाले हैं?"

"हाँ, बात तो चल रही है! क्यों? तुम्हें क्या लग रहा है?"

"ऐसा ना करो, बाबू! आदिवासियों के पास और है भी क्या? कुछ भी नहीं! ये शाल-महुआ के पेड़ ही उन सबको बचाये रखते हैं।"

"झारखण्डी आन्दोलन में तो तुम लोग खूब-खूब नारे लगा रहे हो—सागोवाना रोपाई बन्द करो!"

"बाबू, शाल या सागौन, हम सबकी नज़र में महज़ पेड़ ही नहीं है। इतनी विशाल जगह खाली पड़ी है, माटी तक जल गयी है। वहाँ अगर सागौन के पेड़ लगाये जाएँ, तो समूचा इलाका हरा-भरा हो उठे और सरकार का काम भी हासिल हो जाए। शाल-महुआ काटकर, सागौन लगाएँ, तो हीया को चोट लगती है या नहीं, बताएँ?"

"हाँ, यह तो सच है, शशि! इधर जंगल-उन्नयन-अफसर ने कहा था कि वह तिताहातू जाएगा? अगर वह गया, तो भी गोलमाल लगेगा?"

"सागौन लगाया, तो गोलमाल ज़रूर होगा।"

"नहीं, भइये, मैं भी आदिवासी ही हूँ! झारखण्ड बना, तो मुझे भी खुशी होगी। झारखण्डी लोगों के साथ मैं कोई गोलमाल नहीं चाहता। ठीक है, सागौन नहीं रोपा जाएगा। बुधना मुण्डा से जाकर कह दे कि छह तारीख को मैं तिताहातू में मीटिंग करूँगा। सभी लोगों को वहाँ उपस्थित रहने को कह दिया जाए। मैं पाँच तारीख को ही पहुँच जाऊँगा, भइया! रात को तिताहातू में ही रहूँगा। सुन, मीटिंग, रामूडी की ज़मीन पर ही होगी।"

"रात को आप रहेंगे, बाबू?"

"अरे, भई, मुझे तो जवाबदेही करनी पड़ती है। मैं कहे देता हूँ, कोई भी आदिवासी हाथ में धनुक-बल्लम-हँसिया लेकर न आये। यही देखने के लिए, मैं खुद जाऊँगा। मीटिंग में भी यही कहकर, लौट आऊँगा।"

"यह तो बहुत ही अच्छा होगा, बाबू!"

"उस दिन तुझे क्या कोई काम है?"

"एक बार मुझे चाइबासा जाना है।"

"चले जाना। तेरी शादी का क्या हुआ?"

"मइयो तो हर दिन कोंचती रहती है। लेकिन, पियाली से सादी करूँ, पुराना धार-देना शोध किये बिना, भरोसा नहीं होता। वह क़ानून पास हुए, तो कितने ही दिन गुज़र गये। लेकिन लागू नहीं हो रहा है। अब तो, 'कृषि-करज बेआइन, नहीं दूँगा, नहीं दूँगा ऋण' आन्दोलन बस, छिड़ने ही वाला है। देखूँ, कितनी दूर, क्या होता है।"

"उसके बाद, ब्याह होगा।"

"ब्याह में ख़र्च भी तो है।"

शशि ने हँसकर कहा, "सभी लोग कह रहे हैं कि शादी तू कर ले। हम सब मिलकर चावल-मुर्गी-दारू देंगे। देखूँ, क्या करता हूँ।"

शशि यह कहकर चला आया। छह तारीख क्या, वह तो पाँच तारीख से ही चाइबासा में था।

उसकी पार्टी के भरत ने पूछा, "इतनी शान्ति से सब मिट जाएगा?"

"हाँ, हाँ, बिड्डी बाबू भी तो आदिवासी हैं। उन्होंने वचन दिया है। कहा है, वह हमारी पार्टी को नाराज़ करना नहीं चाहते।"

बदन पर बी.डी.ओ. का तकमा जड़ लेने के बाद, इनसान आदिवासी नहीं रह जाता। यह बात शशि की समझ में नहीं आयी थी। बी.डी.ओ. साहब पाँच तारीख को ही तिताहातू में हाज़िर हो गये। लेकिन, वह अपने साथ छह जन पुलिस भी लेकर आया था। पहान ने उसके ठहरने के लिए अपना कमरा छोड़ दिया था। छः तारीख को सुबह से ही झुण्ड-झुण्ड आदिवासी जमा होने लगे। वे लोग क़तार-दर-क़तार आते गये! हाथ में शाल के पत्ते की डाल! सुबह प्रायः ग्यारह बजे बी.डी.ओ. साहब मीटिंग में आये। उस वक्त उसके साथ गोइलकेरा का दारोगा भी था।

निरस्त्र आदिवासी शाल पेड़ का पत्तेदार डाल उठाकर नारे लगाते रहे—

"शाल आदिवासी, सागोवान दीकू (महाजन)

बन्द करो, सागोवान रोपाई"

दारोगा आँखें सिकोड़कर वह दृश्य देखता रहा।

उसने बी.डी.ओ. से कहा, "आप आदिवासी हैं, इसीलिए इसमें आपको कोई आपत्ति नहीं दिखाई दे रही है। मुझे तो लक्षण ठीक नहीं लग रहे हैं। ये लोग काफी खौफनाक और मरकटहे लग रहे हैं।"

"लेकिन, ये लोग हथियार लेकर तो नहीं आये।"

"हथियार न लाये हों, मगर शाल की डाल तो लाये हैं और झारखण्डी नारा भी इन्होंने कहाँ से सीख लिया?"

"शशि महतो... और वही क्यों, सभी लोग जानते हैं।"

"लीजिए, पहान से ही पूछ लें कि और-और लोग आएँगे या नहीं। ...पहान जी, आप बता दें।"

"सागौन-रोपाई अभी नहीं होगा, मीटिंग खत्म! उन लोगों को चले जाने को कहो। उफ! कितनी भारी भीड़ है! कितने लोग हैं, रे बाप! अगर मुझे पता होता, तो और ज़्यादा पुलिस लाता!"

बी.डी.ओ. इस बात से घबरा गया। उसने पाहन को बुलाकर, सारी बात बतायी। पाहन ने हाथ हिलाकर डकुआ को बुलाया। डकुआ का काम था, ढोल पीट-पीटकर, हाँक लगाते हुए घोषणा करना! डकुआ भूरा लामृदा इस सभा में समधी से भेंट हो जाने पर, अब तक उसीसे बोल-बतिया रहा था। अब, पहान का निर्देश पाकर, वह उछलकर उठ खड़ा हुआ और वह

ज़ोर-ज़ोर से ढोल पीट-पीटकर हाँक लगाने लगा—"बिड्डी बाबू मीटिंग में कुछ नहीं बोलेंगे—"

उसी ने एलान की जानकारी दे दी—सागौन की रोपाई नहीं होगी।

उसका आखिरी जुमला पूरा होते ही, जनता उल्लास से चीख उठी। भूरा ने और ज़ोर से हाँक लगाकर कहा— वे भी जा रहे हैं, तुम लोग भी अपने-अपने घर जाओ।

बी.डी.ओ. और दारोगा, पुलिस समेत वापस लौट गये। जब दोपहर के एक बज गये, तो पाहन भी अपने काम पर चला गया। जमघट के लोग-बाग एक-एक करके खिसकने लगे। बहुत-से लोग ठहर भी गये। अभी भी लोग आ रहे थे, आते जा रहे थे। उन लोगों को भी यह बताना ज़रूरी था कि यहाँ धान-रोपाई होनेवाली थी। अचानक फैसला क्यों बदल गया?—लोग आपस में यही कहते-सुनते रहे। यह शशि महतो की विजय थी। ज़रूर बिड्डी बाबू के यहाँ जाकर उसने बिड्डी बाबू से अपना फैसला बदलने को बाध्य किया होगा—यह ख़याल सभी लोगों को पसन्द आया। हाँ, शशि ने ही आकर सबके मन में आस जगायी। हम लोग तो मरे हुए थे। वह बेहद भला लड़का था। हम देख रहे हैं कि अब सकल काम में उसे ही आगे रखकर चलना होगा।

दोपहर के तीन बज गये। अचानक धूल उड़ाते हुए तीन-तीन जीपें आ पहुँचीं।

बी.डी.ओ.! जंगल उन्नयन अफसर! ढेरों पुलिस!

बी.डी.ओ. चीखता रहा, "चले जाने को कहा था न! अभी तक तुम लोग गये क्यों नहीं? जाओ, चले जाओ!"

अचानक उसी समय दारोगा ने बन्दूक तान दी और बुँगरी गाँव के वाणेश्वर, जमेदा, अपनी दोनों बाँहें उठाये, दौड़कर, इसी तरफ आते हुए नज़र आये।

उन लोगों ने वहीं से चीखकर कहा, "मारो मत! मत मारो जी! हम सब चले जा रहे हैं—" लेकिन उन लोगों के हाथों में शाल पेड़ की डाल थमी हुई थी। 'सागवाना हटाओ" आन्दोलन का प्रतिवाद-प्रतीक!

दारोगा ने गोली चला दी। वाणेश्वर घूम गया। गोली, जासिकोरा गाँव

“पुलिस लेकर तुम वापस क्यों चले गये?”

“लो, देखो! यह तुम्हारे उस पक्ष की बात नहीं है।”

“तकमा लगाकर तुम भी दीकू, अत्याचारी ज़मींदार बन गये हो।”

“किसने कहा?”

“मैंने! मैं यह कहकर जा रहा हूँ।”

“तुम लोग क्या हथियार उठाओगे?”

“बाबू, वाणेश्वर का मालिक घास में आगी का मालसा उड़ेलता था! बहुत ज़्यादा तमाखू पीता था। उन दिनों कार्तिक की ओस से घास भीगी रहती थी। एक दिन वह सूखी घास पर गिर पड़ा और महादेव जलकर राख हो गया। सभी लोग जानते हैं। सो, तुम लोगों से भी कहकर जाता हूँ, और हमारी माँगें भी रखे जाता हूँ—वहाँ सागौन की रोपाई नहीं चलेगी।”

“तुम क्या धमकी दे रहे हो?”

“यह हमारी पार्टी की लिखित माँगें हैं।”

“देखा है मैंने! लेकिन यह सब क्या मेरे इख़्तियार में है?”

“वहाँ भी दे दिया है।”

“लो, देखो, गोली चलायी त्रिपुरी दारोगा ने...”

“उसे फिर कौन तो ले गया। कौन था वह?”

शशि वापस लौट आया।

आते-आते वह कह आया, “त्रिपुरी ने यह, उस हाटवाले मामले का बदला लिया है।”

बी.डी.ओ. ख़ामोश बैठा रहा। बात झूठी भी नहीं थी। यह बात बहुत पुरानी भी नहीं थी। इसी नवम्बर की तीन तारीख को गोइलकेरा टाउन में हफ़्तावारी हाट था। हाट बहुत बड़ा था। पिछले बरस चक्रधरपुर के मालचन्द ठेकेदार ने इस हाट की मिल्कियत, दस हज़ार रुपये में खरीदी थी। वह हाट से ‘तोला’ यानी हफ्तावारी वसूलता था। हाट में तो आदिवासी लोग आते थे। हर हफ़्ते, ‘हफ्ता’ वसूला जाता था। उस रकम से जाने कितने ही दस हज़ार की भरपाई हो चुकी थी।

गोइलकेरा गाँव, चाइबासा के करीब ही था। यह ‘हफ़्तावसूली’ और ‘जुलुमबाज़ी’ को लेकर शशि ने मीटिंग बुलायी थी। उस मीटिंग में स्वयं

एस.डी.ओ. और भालचन्द भी हाज़िर थे। भालचन्द ने किसी एक आदिवासी बुढ़िया को पीट दिया। उसी बात को लेकर गोलमाल शुरू हो गया।—नाहीं दूँगी 'हफ़्ता'!

हाकिम ने कहा, "इस पर चर्चा कर लेते हैं। "हफ़्ता" देने का कोई नियम मान लिया जाए।"

"हम मान भी लें, तो क्या भालचन्द मानेगा?"

"पहले बात चीत तो हो।"

"वह जुलुम क्यों करता है?"

"तुम लोग 'हफ़्ता' जो नहीं देते।"

"अगर नहीं दे रहे होते, तो क्या वह हाट में आने देता? पैसों में तो 'हफ़्ता' लेता ही है, मुर्गी, साग-सब्ज़ी, फल भी लूटकर ले जाता है।"

इसी बात पर एस.डी.ओ. भड़क गया और उसने खुद ही लाठी चला दी! त्रिपुरी और उसके लोग, हाटवालों पर लाठियाँ बरसाते रहे। औरतें घायल हो गयीं। करीब चौदह जन लोग गिरफ़्तार कर लिए गये। शशि लोग अगर बाधा न देते, तो उस दिन भी गोलियाँ ज़रूर चलतीं। त्रिपुरी वह बात भूला नहीं था।

लेकिन त्रिपुरी के बी.डी.ओ. की बातें फूँक में उड़ा दीं।

उसने कहा, "सिंहभूम की पुलिस शशि महतो से नहीं डरती।"

"भई, वे लोग गुस्से से पगलाये हुए हैं।"

"जाएँ न अर्जी लेकर! सुनता कौन है?"

गुणाकर ने सुनी। विधान सभा का सदस्य था वह! जनमत के दबाव में आकर, वही व्यक्ति हाट में मीटिंग करने को विवश हो गया। उसे बोलना ही पड़ा—सरकार को बहुत-बहुत बार कहा गया। अभी भी हाट में छावनी-घर नहीं है, पखाना नहीं है, पेय जल का इन्तज़ाम नहीं है। जब तक इन सबका इन्तज़ाम नहीं हो जाता, तब तक हर माथा-पीछे, दस पैसे से ज़्यादा 'हफ़्ता' कोई नहीं देगा।

त्रिपुरी ने उस घटना को व्यक्तिगत अपमान के तौर पर लिया। नतीजा? तिताहातू!

दो

शाल आदिवासी, सागवान दीकू
बन्द करो, सागोवाना रोपाई।

"बी.डी.ओ. तुम किसे मदद करोगे?"

"किसने कहा? शशि ने? क्यों? मैं आदिवासियों के साथ हूँ। उन लोगों के भले में ही मेरा भला है। उन लोगों के सुख में, मेरा सुख है। उन लोगों की तरक्की में ही मेरी तरक्की है। यह भी क्या पूछने की बात है?"

ऐसा है वह बिड्डी बाबू
वह तो है, आदिवासी, भइया,
वह तो है आदिवासी!
खरीद लिया नौकरी ने ओका,
बना लिया गुलाम!
कौन है आपन जन उसका,
उसका आपन जन?
जंगल अफसर, तिरपुरी दरोगा!
इसीलिए शशि महतो खोजे आगी!
आगी खोजे शशि महतो!
देरेंगदा में धधकी आगी
वो ही आगी धधकी!

तिताहातू की घटना ने तन-मन में जिस क्षोभ, जिस पीड़ा का संचार किया, वह किसी हाल भी बुझने का नाम नहीं ले रहा था। शशि मन ही मन पलुस को खोज रहा था। पलुस ने उसकी बहन, महुली से विवाह किया था। पलुस ईसाई लड़का था। उसका घर हलदी में नहीं था।

महुली और अन्यान्य लड़कियाँ जंगल में महुआ के फूल बटोरने जाती थीं! यह काफी पुरानी बात है। जंगल विभाग ने ही उन लोगों को महुआ के फूल और फल बटोरने का अधिकार दिया था। इसके बावजूद जंगल के गार्ड, बीट अफसर उन लोगों से पैसे लेते थे! आज भी लेते हैं। ख़ैर, उन लोगों को इसका अभ्यास हो गया था।

लेकिन, बीट अफसर बहुत ज़्यादा पैसों की माँग कर रहा था। अगर नहीं देते थे, तो उनके महुआ की टोकरी छीन लेता था। उन दिनों पलुस, हलदी आता-जाता रहता था। वह शशि के साथ खेत-मजूर यूनियन करता था।

पलुस ने उसे समझाया, "तू पैसा मत देना।"

"ना दिया, तो वह जंगल में नहीं जाने देगा।"

"जाने भी देगा, तुझे एक्को पइसा भी नहीं देना पड़ेगा।"

"हा ऽऽऽ, तुम भी कइसी बातें करते हो?"

"तूने सुना तो, मैंने क्या कहा?"

"मोरी टोकरी रोक रखते हैं।"

"रुक जा, रखाता हूँ मैं! तू सुन मोरी बात!"

अगले दिन महुली और अन्य कई लड़कियाँ गोइलकेरा जा धमकीं। उन लोगों की तकदीर अच्छी थी। जंगल अफसर जंगल देखने आये। यही मयूरध्वज सिंह जैसे इनसान कैसे प्रशासनिक अफसर बन गये, यह सोच-विचार का विषय है। इससे भी बड़ी सोच की बात यह थी कि छोटा नागपुर में सरकारी जल-विभाग, जब काठ के ठेकेदारों के घूस के आगे बिक चुकी थी, तब मयूरध्वज कैसे सच्चे, निर्लोभी और सख्त-रीढ़वाले रहकर, नौकरी करते रहे। लगातार करते रहे और आज भी कर रहे हैं।

उन्हीं के भरोसे, पलुस ने महुली को हिम्मत बँधायी थी। उसने महुली को तोते की तरह सब सिखा-पढ़ाकर और रटाकर भेजा था। महुली मयूरध्वज के पाँवों पर गिर पड़ी।

उसने गिड़गिड़ाकर कहा, "हमनी को बचा—"

"क्यों? क्या हुआ है?"

"तोरे बीट बाबू की हलाकानी के मारे हम जंगल नहीं जा सकती। महुआ बटोरूँ, पइसा दूँ। काठ बटोरूँ, पइसा दूँ। अब रोज़-रोज़ एक टका क्या दे सकत हों? वह हमरी टोकरी छीन लेत है।"

"अच्छा? और क्या करता है?"

"जवान छोकरियों के साथ छिनालपना करत है।"

"अच्छा? ऐसा करता है?"

"ओके साथ मसखरी ना करो, तो गुस्सा हो जात है। देही पर हाथ

लगावत है, लुग्गा खींचत है। अब ई जुलुम सहा नहीं जात है।"

"अच्छा, देखता हूँ।"

मयूरध्वज सिंह ने उस बीट अफसर और गार्ड लोगों को जमकर डाँट पिलायी।

बीट अफसर समझ नहीं पाया कि वह ठिगना और अस्थिर हाव-भाववाला व्यक्ति मयूरध्वज है।

उसने गरजकर कहा, "आप हैं कौन? यूँ चिल्ला क्यों रहे हैं?"

"मैं तेरा बाप हूँ! तू मयूरध्वज सिंह को नहीं पहचानता?"

"हजूर! सर! आप?"

"बदमाश! हरामज़ादे! आदिवासियों के हक में बटमारी करता है? जंगल क्या तेरे बाप की ज़मींदारी है?"

इस तरह, उन्होंने फूहड़ भाषा में गालियाँ दीं, जुर्माना ठोंका, टोकरी वापस दिलायी, पैसे भी लौटाने का हुक्म दिया। उनका गुस्सा वहीं नहीं थमा।

उन्होंने महुली और अन्य औरतों से भी कहा, "तू लोगों ने भी अभी कोई बदमाशी की तो जंगल में घुसने नहीं दूँगा।"

"कउनो, दिन, कोई आदिवासी भला ऐसा करत है?"

"और अगर ये लोग कोई नखरा दिखाएँ, तो सीधे मुझे बताना।"

"..................."

"देखो हे, बीट अफसर, ठेकेदार से लेकर मन्त्री सभा तक, सभी जगह हमारे आदमी तैनात हैं। याद रखना!"

बीट बाबू का दिमाग़ बखूबी दुरुस्त हो गया। उसके बाद से, वह दूर से ही महुली और उसकी सहेलियों की गदरायी हुई देह, क्षिप्र और सुछन्द चाल-ढाल निहारता रहता था। लेकिन करीब जाने की हिम्मत नहीं जुटा पाता था।

मयूरध्वज सिंह जब सिंहभूम से विदा ले रहे थे, सभी आदिवासी उन्हें विदा देने आये थे। वे ही पहले थे और आखिरी भी! जंगल के अन्य किसी भी बड़े साहब को ऐसा स्वागत-सत्कार नहीं मिला था।

इसी सूत्र से पलुस और महुली की घनिष्ठता हुई थी। वैसे पलुस और शशि की भी अन्तरंगता बढ़ती जा रही थी। उन दिनों भी वे मुख्यतः

खेत-मजूर आन्दोलन के ही कर्मी थे। धान-कटाई आन्दोलन में पलुस और शशि, दोनों ही गये, हालाँकि उनका दल इससे असहमत था।

उसके बाद, उन दोनों को यथेष्ट डाँट भी सुननी पड़ी—"तुम्हारा यूनियन जब शान्तिपूर्ण ढंग से अपनी माँगों का विवरण देकर, प्रतिनिधि मण्डल भेजकर, खेत-मजूरों की मजूरी-समस्या का समाधान करने में लगा है, तुम दोनों आदिवासी खेत-मजूरों के साथ पुरुलिया जिला क्यों गये?"

"वे लोग भी आखिर खेत-मजूर ही हैं, इसीलिए चले गये।"

"तुम दोनों हठात् तो गये नहीं थे।"

"हठात् क्यों जाने लगे? देखिए न, अलग जिला के होते हुए, यह भी तो खेत-मजूरों का ही आन्दोलन है न और वे लोग ख़ासी लड़ाई भी कर रहे हैं।"

"क्यों गये, तुम दोनों?"

"देखने गया था।"

"तुम्हारे यहाँ खेत-मजूर आन्दोलन नहीं है?"

"वहाँ, वे लोग और आगे बढ़ चुके हैं।"

"हाँ, मालिकों के साथ मार-पीट की है।"

"इससे काम भी तो हुआ है।"

"वह कैसे?"

"सभी मालिकों से दो रुपइय्ये दस पैसे वसूल कर रहे हैं और आधा किलो चावल भी!"

"यह क्या बहुत काफी है? पर्याप्त है?"

"हमारे लिए बहुत काफी है। हम लोग बस, दावा करते हैं, मीटिंग करते हैं, अर्जी भेजते हैं, प्रभावशालियों के पाँव पकड़ते हैं, खेती के कामों की मजूरी के तौर पर जो आठ आने पाते हैं, उसे कभी भी बारह आने तक नहीं उठा पाये। जो मिलता है, वह भी फसल या धान के रूप में मिलता है।"

"तुम लोग यह ठीक नहीं कर रहे हो।"

"यहाँ हम लोग लाठी क्यों नहीं उठाते?"

"समझ गया। तुम कालका माझी की ही बात दुहरा रहे हो।"

"वह भी तो आदिवासी ही है। यह सच है या नहीं?"

"हाँ! बेशक! लेकिन उसकी बात पर नाचो मत वह जिस दल में है, वह स्वतन्त्र दल है।"

"आदिवासी अंचल-राज्य नहीं बननेवाला।"

"क्यों नहीं बननेवाला?"

"तुम लोगों और आदिवासियों को यह समझाना मुश्किल है।"

"समझाइए तो सही! आप तो पढ़े-लिखे हैं न?"

"पलुस, शशि... तुम लोग आदिवासी हो, यही बात सबसे बड़ी करके क्यों देखी जा रही है? यही बात, बार-बार क्यों उठायी जा रही है?"

"उठेगी नहीं? चूँकि हम आदिवासी हैं, इसीलिए तो हमें इतनी तरह से मार खाना पड़ता है। सिंहभूम में आदिवासी निरस्त नहीं हो गये हैं? इसलिए कालका माँझी ने जो बात कही है, वह भी सोच रहा हूँ।"

"लेकिन वह जीने की राह नहीं है।"

"अच्छा?"

"इन दिनों जिला खेत-मजूर आन्दोलनों में खासा लगाव नज़र आने लगा है।"

"अभी भी लगाव नहीं होगा।"

"क्यों?"

"सेमा, केरा, ऊदा—ये तीन-तीन गाँव जंगल की सीमा पर स्थित थे। तीनों गाँव ले लिए गये। जंगल बढ़ाएँगे, आफिस भी बिठाएँगे। तीन बरस हो गये, गाँव के लोगों का मुआवजा नहीं मिला। इसका भी इन्तज़ाम करना है।"

"यह सब क्या तुम लोग करोगे?"

"ना! पार्टी करेगी। मोती बाबू ने कहा है।"

"खेत-मजूर आन्दोलन में तुम लोग शामिल नहीं होगे?"

"मैंने यह नहीं कहा कि शामिल नहीं होऊँगा। लेकिन उस आन्दोलन में तो ले-देकर सभा होगी और अर्जी और जुलूस भर होगा। लाठियाँ चलायी जाएँगी, गैस छोड़े जाएँगे। जेल में ठूँस दिये जाएँगे। चार-छह महीने बाद रिहा कर दिये जाएँगे। मुआवजे का यह मामला अब, साँप के डसे हुए रोगी जैसा हो गया है। समय रहते, साँप का ज़हर उतारना होगा। मार्च महीने तक अगर कोई फैसला नहीं हुआ, तो अगले दस वर्षों तक इसे दबा दिया जाएगा।"

भिन्न जिलों में धान-कटाई आन्दोलन की वजह से पलुस, शशि दोनों ही पार्टी की नज़र में अप्रिय हो उठे थे। लेकिन, सेमा, केरा और ऊदा गाँव के कुल्लमकुल उनसठ घर के लोगों को जंगल महल की तरफ से मुआवजा दे दिया गया। पलुस ईसाई था, थोड़ा-बहुत पढ़ा-लिखा भी था। मिड्ल पास था। शशि ने भी थोड़ा-बहुत पढ़ना-लिखना सीख लिया था।

मोती कोयार के निर्देश पर ही वे लोग बार-बार जंगल विभाग को पत्र भेजते रहे। मोती बाबू वृद्ध और प्रवीण कर्मी थे। उन्होंने अन्य दस-पाँच लोगों को प्रोत्साहित किया। आखिरकार मुआवजा मिला, लेकिन जंगल बाबू ने प्रतिशोध भी ले लिया।

जंगल बाबू-ठेकेदार-थाना-बी.डी.ओ.—ऐसी जगहों में गले-गले दोस्त बन जाते हैं। इन्हीं लोगों ने जिला-प्रशासक को भी प्रभावित किया। शशि और पलुस पर उन लोगों का गुस्सा क़ायम था। फलस्वरूप खेत-मजूरों की एक शान्तिपूर्ण सभा में उन लोगों ने हमला किया और पलुस तथा शशि को पकड़ ले गये। आदिवासी खेत-मजूरों को हिंसात्मक आन्दोलन में उतरने के लिए उकसाने के अपराध में दोनों लोगों को छह महीने के लिए जेल में डाल दिया।

जेल में भेंट करने आयी, शशि की माँ, झारी महतो ने कहा, “यह कैसी ताज्जुब की बात है, रे!”

“क्यों?”

“महुली बिदक गयी है।”

“क्यों? किस बात से?”

“किसी हाल भी सावन से ब्याह नहीं करेगी।”

“क्यों? कोई झगड़ा हो गया?”

“धत्त्! वह तो कुछ बोलती ही नहीं! उसका मन ही नहीं है।”

“सावन भुरभुरे-मिर्च लेकर आया था। उसने भगा दिया। कहा—तुझ जैसे लड़के से हम लोगन का क्या भला होगा? किसी हक़ के लिए लड़ता है तू? कभी, किसी समय हमारे हक़ की बात सोचता है?”

“सावन ने क्या जवाब दिया?”

उसने कहा—“बिड्डी ऑफिस में माली का काम करता हूँ। शान्ति से हूँ! गोलमाल में कौन जाए?” महुआ बोल पड़ी—“तू बिड्डी बाबू का गुलाम है।”

"समझ गया।"

"अभी तो सादी-बियाह की बात टल गयी है। तू ही आकर उसे समझाना। वह लड़की हद ज़िद्दी हो गयी है।"

शशि और पलुस की गैरहाजिरी में उनके गाँव में तो क्या, आस-पास के दस-बारह गाँवों के आदिवासी समाज में, कहीं, कोई विवाह या उत्सव नहीं हुआ। औरतों ने तेल नहीं लगाया। शिकार का खेल भी बिल्कुल नहीं जमा।

जब वे दोनों जेल से रिहा हुए, तो हलदी गाँव में क्या भीड़...क्या भीड़ जमा हुई! उन दोनों के गले में माला पहनाकर, लड़कों ने अपने कन्धे पर उठा लिया और समूचे गाँव में घुमाया। मादल बजते रहे, नाच हुआ। सूअर काटकर भोज-भात हुआ!

उसी समय, महुली ने भोज-पात्र और शाल-पत्ते के बर्तन से उठाकर, मांस-भात उठाकर पलुस के मुँह में डाल दिया। उसके बाद, उसी बर्तन में खुद भी खाया।

सभी लोगों ने शशि को धर दबोचा। सावन भी दारू और चावल ले आया।

महुली ने सभी लोगों के सामने, पलुस को अपने हाथों से क्यों खिलाया? इस बात पर तो ज़रा सोचना होगा। सच बात तो यह थी कि माहुली जिस ढंग से सावन को ठुकराती चल रही थी, गाँव में यह बेहद अशान्ति की वजह थी। सावन और महुली की शादी तो अर्से पहले से तय हो चुकी थी।

शशि ने कहा, "सरसों में ही भूत बसा है।"

"क्यों? यह बात क्यों कही?"

"जड़ में ही गोलमाल है।"

"क्यों? क्या हो गया?"

"मेरा ख़याल है कि महुली, पलुस से ब्याह करना चाहती है। इसीलिए सावन को तवज्जोह नहीं देती।"

"ब्याह?"

"हाँ, भई!"

"लेकिन, वह लड़का ईसाई है... पराये गाँव का है..."

"यह बात महुली समझे।"

"तुम क्या कहते हो?"

"यह मेरे कहने-सुनने की बात नहीं है।"

"वह बिड्डी बाबू का माली है।"

"पलुस मेरा नजदीकी है। राँची का लड़का है। तुम लोगों के लिए जेल भी हो आया। हमारे सुख-दुःख में शामिल भी रहता है। इधर सावन भी मेरी जान-पहचान का है। अब महुली जो फैसला करे...।"

महुली ने गर्दन टेढ़ी करके कहा, "बिड्डी बाबू बात-बात में पुलिस लेकर, हमारी जात-बिरादरी के लोगों को मारने आवेगा और हम उसके बगान में बैठी-बैठी, वह सब देखती रहूँगी? न्ना! सावन सरकारी माली है। मुझे समझाता रहता है कि शशि बहुत बुरा लड़का है। गाँववालों का बुरा करता है, नुकसान पहुँचाता है। ना! ना! ना!"

यह जवाब सुनकर, सभी लोग काफी विचलित हो आये। पलुस बाहरी व्यक्ति है। लेकिन शशि क्या वाकई बुरा लड़का है? उनका अपना शशि? सावन ने यह बात तो सही नहीं कही। इस किस्म का मनोभाव भी सही नहीं है। इस बात पर सावन के बापू ने भी सिर हिलाया।

"मुझे सावन की बातें समझ में नहीं आतीं।"

"तुम्हें समझना होगा, तुम उसके बाप हो।"

"बाप होने के बावजूद, बेटवा के मन का अन्दाज़ा नहीं लगता। अफसर बेटा जो ठहरा। तुम लोग लोटयारा धोती क्यों पहनते हो? मइयो जंगल में महुआ बीनने क्यों जाती है? अरे, तू बेटा है, अपनी मइयो को तीन सूअर ख़रीद दे। और कुछ नहीं माँगूँगा मैं। लेकिन, वह समझता कहाँ है?"

सावन की माँ कह उठी, "बहुत हुआ! अब चुप करो।"

सावन ने जवाब दिया, "मोरे बारे में इतनी-इतनी बातें? जाओ-जाओ! महुली से मुझे सादी ही नहीं करनी, यह मोरा ऐलान है और अब हम इस गाँव में भी नहीं आऊँगा।"

शशि ने आगे बढ़कर उसका हाथ पकड़ लिया। उसने काफी समझा-बुझाकर उसे शान्त किया। महुली द्वारा ठुकराये जाने के अपमान से और बाप के व्यंग्य-तानों के आघात से, सावन के मन में तहलका मचा हुआ था। थोड़ी-सी और महुवा गले-तले उतरते ही, वह एकदम से रो ही पड़ा।

उसने कहा, "शशि, हम जो तोरे बारे में इत्तनी बात सुनाये, वह बिड्डी बाबू के टाँसने पर। वह मोरे हरदम टाँसता रहता है...उकसाता रहता है।"

"सावन, हम दोनों नान्हीं उमिर के साथी हैं, एक-दूसरे को जानते-पहिचानते हैं—"

"फिर? आज मैं बुरा हो गया?"

"ना, सावन!"

"तू मोरे बुरा समझता है?"

"ना! तू मोरे एक बात का जवाब दे।"

"तू जेल से लौटा है, क्या मुझे खुसी नहीं हुई? क्या हम तोरे लिए दारू और चावल नहीं लाये? बता? अपने माय-बाप के लिए, माथे का तेल नहीं ला दिये?"

"ज़रूर! ज़रूर! अब सुन मेरी बात!"

"मैं वहाँ काम करता हूँ, इसलिए तू मुझे बुरा समझता है?"

"कब्भी भी नहीं! एक आदिवासी काम करता है, रुपइय्ये लेता है। अच्छा करता है। तू अगर अच्छी तरह काम करेगा, तो हम लोग भी कह सकेंगे कि पहले इलाके के लोगन को काम में लो। ना, सावन, हम तोका बुरा नहीं समझते।"

"हाँ, तो, तू क्या कह रहा था?"

"महुली से बियाह करके तोरा भला नहीं होता।"

"काहे? अइसी बात तूने पहले तो नहीं कही?"

"पहले यह सब कहने की कोई वजह नहीं थी। अब तू सरकारी नौकरी करता है। मैं जेल चला गया, मोरे नाम पर तो दाग लग गया। अपने दद्दा में महुली की जान बसती है। अगर शादी हो जाती, तो वह यहाँ भी आती-जाती रहती। और हम ओका दद्दा हूँ, यह वजह दिखाकर वह तेरी नौकरी खा जाता।"

"हाँ, तूने ठीक कहा।"

"तब तो, तोरे घर हम भी आते-जाते।"

"हाँ, तब तो तू मोरा रिश्तेदार बन जाता।"

"यह दोष दिखाकर भी वह मोरी नौकरी खा जाता।"

"ई भी ठीक बात!"

"हम क्या बेठीक बोलूँगा।"

"न्ना, तू भलामानस है। तोरा हम अच्छा-सा बियाह करा दूँगा।"

"कहाँ? किससे?"

"रगेन की बिटिया से! सारी से! तूने देखा है उसे?"

"रगेन गाँव का मुखिया है। उसके पास ज़मीन भी है।"

"सावन भी तो सरकारी माली है। उसके पास नौकरी भी है।"

"हाँ, तू देख ज़रा!"

"यह सब तू मुझ पर छोड़ दे और हाँ, सावन, तू भी मोका वचन दे कि मोरी बात सुनेगा, मोरी बात मानकर चलेगा।"

"हाँ, ज़रूर! ज़रूर! लेकिन मोरी बेइज्जती जो हुई?"

"हम तोरे बियाह में जान लड़ा दूँगा। रही बेइज्जती की बात! सो, बेइज्जती कैसी? किसी साले के धड़ पर दो सिर हैं, शशि महतो जो काम करा देगा, उसे लेकर बतकही करे?"

इसी तरह एक जटिल परिस्थिति काबू में आयी।

गाँव के बड़े-बूढ़ों ने कहा, "देखा? जेहल जाने से, हक की लड़ाई लड़ने से, बुद्धि कितनी जल्दी पक जाती है। पहले का ज़माना होता, तो बियाह तोड़ने को लेकर कितना झगड़ा लगा रहता!"

शशि ने कहा, "आपस में फटे-चिथड़े विवाद का दौर अब नहीं रहा। सोच क्या रहे हो? अब, एक के बाद एक लड़ाई चलती रहेगी। जंगल महाल क्या हम छोड़ देंगे?"

"यह तो हम जानते हैं।"

"और भी बात है।"

"क्या बात?"

"बड़ीवाली बात पर हम बाद में आएँगे। एक बात सुन रखो—सावन ने जो महुली से बियाह नहीं किया, इस बात को लेकर अब कोई किसी तरह की बात न छेड़े। हम वचन देता हूँ। शशि भला कब उसका दुश्मन है?"

रगेन, आदिवासियों में सम्पन्न व्यक्ति था। तीन बीघे ज़मीन का मालिक था। कई-कई दुधारू भैंसें भी थीं उसके पास! शशि जब खुद उसके यहाँ

पहुँचा, उसने ज़रा टाल-बहाना किया। लेकिन, आखिरकार, सारी और सावन का विवाह तय हो गया।

आज पलुस और महुली का विवाह सम्पन्न हो गया। महुली ने हल्दी रंग की छपी साड़ी पहनी थी। अगले दिन सावन और सारी के विवाह का यथेष्ट नाच-गान हुआ और जश्न मनाया गया।

दोनों विवाह का भोज-भात भी एक दिन हुआ। दोनों परिवारों के अपने-अपने सामर्थ्य मुताबिक भोज दिया गया। शशि की बुद्धि की वजह से कुछ ख़र्च भी बच गया।

विवाह सम्पन्न हो जाने के बाद, शशि ने सावन से कहा, "अब, मेरी बात सुनो।"

"हाँ, कहो!"

"तू एक काम कर सकता है।"

"बताओ, क्या करूँ?"

"बिड़ूडी बाबू जब पुलिस के साथ खुसफुस करें या किसी बात की तुम्हें जानकारी मिले, तो हमें बता जाना।"

महुआ के नशे में टुन्न सावन ने जवाब दिया, "जी, अच्छा।"

"तू अपनी बहुरिया के साथ वहीं रहना। तू अपनी मइयो को सूअर क्यों नहीं ख़रीद देता? या फिर दो बकरी ही खरीद दे। वे दोनों प्राणी बकरी पालें-पासेंगे। उनकी ज़िन्दगी चलती रहेगी।"

"ठीक है, खरीद दूँगा। दो महीनों के अन्दर ख़रीद दूँगा।"

सावन ने अपना वादा निभाया था। दो बकरियाँ खरीदकर, उसने अपने माँ-बाप का जीवन आसान कर दिया। उसने महुली से शादी नहीं की, यह सुनकर बिड़ूडी बाबू अतिशय खुश हुए। उन्होंने सारी को एक साड़ी भेंट की और सावन की नौकरी पक्की कर दी। बस, शर्त यह थी कि शशि लोगों से किसी भी प्रकार का नाता-रिश्ता रखना, नहीं चलेगा।

सावन जब गाँव में ही था और विवाह के भोज में जमा हुए आदिवासी लोगों को सम्बोधित करके, शशि ने एक नयी बात कही। उत्सव में मगन भीड़ उसकी बातें सुनते-सुनते शान्त और स्थिर हो गयी। उसकी बातें बेहद आश्चर्यजनक थीं।

शशि ने कहा, "तुम लोग नहीं जानते, मगर आप लोगों के लिए यह जानना ज़रूरी है कि आदिवासियों के अधिकारों को सलामत रखने के बारे में काफी लोग सोच-विचार कर रहे हैं। आज मेरी और पलुस की पार्टी, ये सारी बातें भले न माने, मगर कल मानेगी।"

"क्या सोच रहे हैं? बाबू लोग हम लोगन के बारे में नहीं सोचते और सोचते भी हैं, तो कुछ आसान नहीं कर पाते।"

"वे लोग सोच-विचार कर रहे हैं। आदिवासियों के लिए आदिवासी अंचल होगा, एक अलग राज्य होगा। ऐसा नहीं हुआ, तो आदिवासी ज़िन्दा नहीं रह पाएँगे। मैं और पलुस यह जानकारी ले आये हैं।"

सावन के बप्पा ने कहा, "शशि, यह बात सुनने में तो खूब अच्छी लगती है, लेकिन यह क्या सम्भव होगा?"

"इसके लिए काम करना होगा।"

"देखो, इसी चाइबासा में...इसके करीब ही, एक था, विरसा मुण्डा! उसने भी इस तरह का सपना देखा था। उसकी जंग से क्या मिला?"

"पता नहीं!"

"हम लोग जंगल में गाय चराते हैं, महुआ बटोरते हैं, शाल-फूल के दाना चुनते हैं, काठ इकट्ठे करते हैं—यह सब उसकी लड़ाई की वजह से! वह जंगल का हक़ वापस पाना चाहता था। यह जो खूटकट्टी जंगल देखते हो न, जो आदिवासियों के हक का जंगल है, वह भी उसी की लड़ाई के बाद, सरकार ने माना।"

"यह तो मुझे नहीं पता था, शशि!"

"अब तो जान गये न?"

"यह जो लोग सोच-विचार कर रहे हैं, वे लोग क्या किसी दल के हैं?"

"हाँ! झारखण्डी हैं! झार का मतलब जंगल और खण्ड का मतलब देश।"

"हाँ, ई सब बातों से पहले मोरी बात सुन, शशि! हम, झारी महतो, तोरी माय हूँ। यह जो तू एक बात को लेकर—खेत-मजूरों की मजूरी बढ़ानी पड़ेगी—इस बारे में तू जो सबको सामिल कर रहा है, इन तीन गाँवों के हरजाने को लेकर, तुम दोनों जो लड़ आये, अपना हक वसूल कर लाया, झूठमूठ जेहल भी काट आया। उससे पहले, तू धान-कटाई के लिए गया..."

"यह तू क्या कह रही है, माय?"

"तोरा यह अलहदा राज्य और कोई भले देखे, हम तो देखकर नहीं जाऊँगी, बाप! तोरा बाप जिन्दगी भर हमें जलाता रहा, चला गया। सात-सात बेटे मरि गये, तू अकेले बचे हो। अब तुम भी मोरा हिया जलाय रहे हो, तुमको क्या भया है? हम तो चिन्ता फिकिर करते-करते ही मर जाऊँगी।"

"ऐसे बखत में मरने की बात, क्यों, माय?"

"अलहदा राज तो दूर का सपना है। हम तो शहर तक नाहीं देखी। हम लोगन जंगल में वास करत हैं, काम करत हैं, खेत-मजूरी लेत हैं। यह सब क्या बह जावेगा?"

"देखा, पलुस, कैसी सास मिली है? बुढ़िया का दिमाग़ बिल्कुल सही है! अरी माँ, यह सब लड़ाई, हम सबको लड़नी पड़ेगी।"

"आदिवासी बिना कउन लड़ेगा, मोरे बाप?"

"हम लोग!"

सभी लोग उत्तेजित हो आये! आपस में कहने-सुनने लगे।

एक जन ने कहा, "झारी, तोरा शशि लाखों में एक है। शशि, तू अब फिर जेहल मत जाना! हम लोग डरा जात हैं।"

किसी अन्य ने कहा, "वह पलुस की बात में आ गया, वर्ना इतने दिनों शशि ने इतना काम-काज किया, लेकिन कभी जेहल तो नहीं गया। महुली के दूल्हे के चक्कर में जेहल चला गया।"

शशि ने कहा, "देखो, महुली का दूल्हा अब, इस गाँव का दामाद है। उसका कोई कसूर नहीं है, रे!"

"तो फिर कसूर किसका और कहाँ है?"

"जेहल में भी हम दोनों सरकार के दामाद थे। है कि नहीं, पलुस?"

"और नहीं तो क्या? कितना आदर मिला?"

सभी लोग हँस पड़े और पलुस को पकड़कर, कोई गीत सुनाने के लिए ज़ोर देने लगे।

महुली उस प्रस्ताव पर हँस-हँसकर लोट-पोट हो गयी।

सबको अवाक् करते हुए पलुस उठ खड़ा हुआ और भरपूर आवाज़ में गा उठा—

पूरब गाँव के लड़के, घर लौट आये
पश्छिम गाँव के लड़के, घर लौट आये
उत्तर में था, मोरी मारला का घर
उसका बेटवा काहे न लौटा?
काहे न लौटा रे?
उत्तर में था, हारा मारला का घर
वो भी काहे न लौटा,
काहे न लौटा रे?
हारा लौटा नहीं, लौटेगा ना!
लौटा नहीं, लौटेगा ना!
दक्खिन गया था वोऽऽ
सूरज भुँइया की चोरी पकड़ने।
पूरब-पच्छिम-उत्तर, तीन गाँव,
सभी धान-खेत, सूरज चुराय ले गवा!
हारा के हाथ में थी हँसिया,
सूरज के हाथ में बन्दूक,
मोरी मारला के बेटवा को भी,
सूरज भुँइयाँ चुराय ले गवा
इसीलिए हारा लौटा नहीं
लौटेगा नाऽऽ

गाना जब पूरा हो गया, सब खामोश हो गये, ख़ामोश रहे।

उसके बाद झारी आकर शशि की बगल में बैठ गयी और बेटे का हाथ थामकर रो पड़ी।

शशि ने कहा, "मइयो! मइयो! मैं हूँ! मैं हूँ न!"

झारी रोती रही।

"चलो, तुम लोग खुस्सी का कोई गाना गाओ। पलुस, तू तो दोस्त है न? आज के दिन कोई यह गाना गाता है?" किसी ने कहा।

झारी बोल उठी, "काहे? बहुत अच्छा गीत है। यह कौन मोरी हैं? कौन हारा?"

पलुस ने जवाब दिया, "हमारे जिले का! लो, दारू पीओ।"

"समझी! तू भी मोरी बिटिया को रुलावेगा।"

इस विवाह के बाद से शशि और पलुस की दोस्ती और गहरा उठी!

तीन

लेकिन झारखण्डी आन्दोलन में उतरने से पहले, और पार्टी-सम्पर्क छोड़ने के बाद, शशि और पलुस ने ज़िन्दगी का थोड़ा-सा समय यूँ ही गुज़ार दिया।

मोती कोआर एक दिन, साइकिल चलाकर, हाथ में मछली लिए-दिये आ पहुँचा।

उसने झारी से कहा, "तुझे पकाना तो आता नहीं, चल, ये मछलियाँ ज़रा तल दे। थोड़ा-सा भात भी पका ले। चावल मैं ले आया हूँ।

शशि-पलुस को बाहर बुलाकर, एक पेड़ की छाया में पत्थर के टुकड़े पर बैठ गया।

उसने सवाल किया, "आजकल क्या कर रहे हो तुम लोग?"

"नथुनीराम की खेती का काम हमें नहीं मिला। दिया ही नहीं। उसने अपना काम औरों को दे दिया। हम लोग बस, जंगल को लेकर बैठे हैं।"

"शहर चला आ।"

"क्यों?"

मोती बाबू ने कहा, "तस्लीम ने खच्चरपन किया।"

"कैसे? वह तो आपका दाहिना हाथ है! गाँव की रिपोर्ट लिखता है। आपको कितना प्यार करता है!"

"झारखण्डी हो गया और अब सेराहिगढ़, केशव के इस्कूल में चला गया। ख़ासी मुश्किल हो गयी है।"

"झारखण्डी हो गया?"

"होगा नहीं? टाउन में आजकल मुनाहिर महतो, ख़ासा शानदार झारखण्डी हो गया है। उसी से तो काफी हेलमेल रखता था तस्लीम, तभी तो चला गया।"

"आपके लिए तो बड़ी मुश्किल हो गयी!"

"तस्लीम बेकार ही चला गया।"

"क्यों?"

"झारखण्डी आन्दोलन अब चरम स्तर का आन्दोलन बन गया है। आदिवासी लोग झटाझट इसमें शामिल हो रहे हैं। मैं तुम लोगों को पहले से ही बता रखता हूँ। बुड्ढे की बात लिख रखो तुम लोग। मेरी भविष्यवाणी है कि इस बिहार में ऐसा दिन आ रहा है, जब यहाँ जितने भी दल हैं, सभी दल जाकर झारखण्डी आन्दोलन में शामिल हो जाएँगे।"

"आपकी भविष्यवाणी है?"

"हाँ! हाँ! ला, बीड़ी दे!"

"इतनी बीड़ी मत पीया करो, मोती बाबू!"

"धत् बेटा, जंगली कहीं का!"

"आपका तो एक फुसफुस नहीं है न?"

"ना, पलुस! पूर्णिया के अस्पताल में पूरे बरस भर फेंके रखा, फिर भी रोग छूटने का नाम नहीं ले रहा है। मैंने देखा, डांग्दर लोग हमें बहुत पियार करने लगे हैं। इसलिए हमने भी एक फुसफुस दान कर दिया। तब जाकर हमको छोड़ा। इससे पहले नहीं छोड़ा। हो, भइया, पलुस, वन-जंगल का कामकाज कैसा चल रहा है?"

"चल रहा है! वैसे काम भी क्या है! हाँ, तो आप क्या कह रहे थे?"

"चल, तुम्हीं लोगों से कह रखूँ। पार्टी में मुँह खोला, तो ख़ासा झाड़ खा गया। लेकिन मेरी पार्टी भी एक न एक दिन झारखण्ड आन्दोलन की मदद करेगी, देख लेना। सभी पार्टी मदद देगी। देना ही पड़ेगा।"

"अच्छा? आपको ऐसा लगता है?" पलुस ने सवाल किया।

"आखिरकार मामला क्या है, मालूम? एक तो वे बाबू हैं, उस पर से शिक्षित कर्मी, ज़मीन-जमा के मालिक हैं, किसान हैं। इन लोगों के बीच पार्टी की बुनियाद डालने से नहीं चलेगा। अन्त में मार खा जाओगे। सर्वाधिक गरीब लोगों की संख्या बहुत ज़्यादा है। उन लोगों के बीच, पार्टी की बुनियाद डाली गयी, तो भूल-भ्रान्ति हुई भी, तो टिके रहोगे। झारखण्ड दल में ऐसा होने की सम्भावना है।"

"आपको ऐसा क्यों लग रहा है?"

"काहे नहीं, भइया? आदिवासी लोगों को जब यह बात समझ में आ जाएगी, उस दिन वे लोग शामिल हो जाएँगे। झटाझट शामिल भी हो रहे हैं। बिहार में सभी पार्टियाँ आदिवासी आधार खोजती हैं। अब आदिवासी लोग अपनी माँगों के साथ जिस भी दल में जाएँगे, देखना सभी लोग ठीक उसी पार्टी में शामिल होंगे।"

"आपको इसका भरोसा है?"

"बे–शक़! वर्ना तस्लीम को मैं भला जाने देता? उस साले को तो मैंने गमछा, शर्ट और बैग भी ख़रीद दिया! लेकिन वह कमबख़्त कैसा खच्चरपन दिखा गया, बताओ तो?"

"आपने ही तो जाने दिया।"

"भइया, जाने कैसे नहीं देता? साला, रात-रात भर सोने नहीं देता था। कान में लगातार खुसफुस-खुसफुस समझाता-बुझाता रहता था। मैंने भी तंग आकर कह दिया–जा, साला! भाग! भाग जा!"

"आप तो मुसीबत में फँस गये।"

"इसीलिए तो अभी आया हूँ मैं। वह कमबख्त कहता है कि आप भी शामिल हो जाइए। मैंने कहा–साला, आदिवासियों पर जितना जुलुम होता है, सारी ख़बरें मेरे अख़बार में छपती हैं। तुम ख़बरें भेजना, मैं छापता रहूँगा, जिसका जो काम है! है कि नहीं? एकाध अखबार, साप्ताहिक समाचार, यह छापना भी ज़रूरी है या नहीं?"

"ज़रूर! ज़रूर! और कहाँ-कहाँ हमारी खबरें छपती हैं?"

"सुनो, अब काम की बात, सुनो! मेरा बेटा, केशव तो इस्कूल में पढ़ता है। उसकी माँ की मौत के बाद, मैं ही राँधता-पकाता हूँ। अब, तस्लीम चला गया। पलुस तो थोड़ी-बहुत लिखाई-पढ़ाई जानता है। मैं उसे खाने को आहार दूँगा, रहने को जगह दूँगा। मेरा घर खाली ही पड़ा रहता है। वह छापाखाना सम्हाले, अख़बार पहुँचायेगा–यह सब कामकाज निपटाये। रुपइय्ये कितने मिलते हैं मुझे, वह तो तुम जानते हो। इसके साथ मैं यह भी देखूँगा कि उसकी रोटी-रोज़ी का कोई और भी इन्तज़ाम कर दूँ।"

शशि ने पूछा, "और मैं?"

"बेटा शशि, मोती कोआर तुमसे तो कह-कहकर थक गया। तुम हमेसा दर-गुज़र करते रहे।"

"नहीं, नहीं, पलुस ही जाए।"

"पलुस जाएगा और मुनाहिर महतो के यहाँ भिड़ेगा, यह भी जानता हूँ। बस, यही दो बरस! केशव पास कर ले। उसे नौकरी भी मिल जाएगी और मैं उसका बयाह भी कर दूँगा।"

पलुस ने कहा, "मैं अपनी बहू को लेकर जाऊँगा। टाउन मेरा भी जाना-पहचाना है। अपने काम जुटा लूँगा। अपना खाना-खुराकी भी उगाह लूँगा।"

"तुम्हारी बहू के लिए तो मैं अभी ही काम जुटा सकता हूँ। ईसाई डॉक्टर है! मानस भी भला है! उसके घर दिन भर रहेगी। उसकी माँ को गठिया का रोग है, इसलिए काफी मोटी हो गयी हैं। दिन भर उनकी देखभाल करेगी, रात को चली आएगी।"

"बहुत दूर रहते हैं वे लोग?"

"मोती कोआर के घर में ही किरायेदार आये हैं। मोती ने केशव की माँ के गहने बेचकर, अपनी गाय बेचकर, वह घर खड़ा किया और अब किराये पर चढ़ा दिया है। शशि तू तो समझ गया न! उसी घर के ऊपरी हिस्से में..."

"यह तो बहुत अच्छा रहेगा।"

"मोती कोआर के अलावा पच्चीस रुपये में घर किराये पर कौन उठाएगा, बताओ?"

महुली उन लोगों को बुलाने आ पहुँची। कुंद्रू की भजिया, बथुआ साग और मछली तली हुई।

मोती बाबू ने कहा, "झारी, तेरी बेटी-दामाद को लिए जा रहा हूँ।"

"मोको भी तू काहे नहीं ले चलता?"

"धत्त्! इस बुढ़ापे में तू कहाँ शहर जाएगी?"

"अरे, जाऊँगी! जाऊँगी! अलबत् जाऊँगी! लो, अचार खाओ! आजकल तुम आते क्यों नहीं हो? कोई गोलमाल हो जाए, तो चले जाना!"

"ख़ैर, कोई न कोई गोलमाल तो होगा ही।" मोती बाबू ने भात खाते-खाते ही कहा।

वह क्या कह रहा है, इसकी अहमियत बिना समझे ही, उसने अपनी बात आगे बढ़ायी, "सुन रहा हूँ, सरकार सारे शाल पेड़ कटवा देगी और सागौन के पेड़ लगाएगी।"

"अरे, यह कैसी बात?"

"अरे, कोई डर नहीं! डरो मत! सबके सब झारखण्डी शामिल हो जाओ। उन लोगों की सागौन-रोपाई बन्द कर दो। सागौन में सरकार को काफी मुनाफा है!"

मोती कोआर को यह अन्दाज़ा भी नहीं हो पाया कि वह कितनी अहम घटना का संकेत दे रहा है।

"ऐसा कब होगा, मोती बाबू?"

"मुझे क्या पता? मैंने तो अभी-अभी सुना।"

शशि और पलुस ने एक-दूसरे की तरफ देखा।

मोती बाबू के चले जाने के बाद, शशि ने कहा, "पलुस, कुछ समझ में आया? सागोयाना के बारे में हम सबने सुना है, अभी भी आँखों से तो नहीं देखा।"

"चलो, पता करते हैं।"

"मोती बाबू ने सारी बात नहीं बतायी।"

"शाल काटकर, अगर सागौन की रोपाई हुई, तो हम सब बेमौत मर जाएँगे। मोती बाबू सच्चे आदमी हैं। हम सबको बेहद प्यार करते हैं। लेकिन, हम सबको जितना फर्क पड़ता है, उन्हें नहीं पड़ता।"

"खैर, टाउन में रहेगा, तो सब जान जाएगा।"

"हाँ, जान लूँगा।"

"और मुनाहिर महतो?"

"सब करूँगा और मोती बाबू की भी मदद करूँगा। अपनी बातों की जानकारी हम उसीके अख़बार के जरिये ही तो दे सकते हैं।"

पलुस और महुली के पहुँचने के बाद, मोती बाबू के प्रेस-घर की हालत भी काबू में आ गयी। वहाँ जमा कॉक्रोच मोती बाबू की प्रेस छोड़कर भागने को लाचार हो गये। प्रेस और घर की साफ-सफाई होती रही। महुली ऊपर की मंज़िल में नौकरी ले ली। नीचे आकर खाना वगैरह पका देती थी। मोती

बाबू यह क़बूल किये बिना नहीं रह सके कि पलुस लोगों को यहाँ लाना काफी फ़ायदेमन्द रहा।

मोती बाबू के साप्ताहिक समाचार पत्र की पाँच सौ प्रतियाँ छपती थीं। विज्ञापन की कोई बला नहीं थी। बिक्री और चन्दा ही आसरा-भरोसा था। शशि अब हाट-बाज़ार की देखरेख करता था, टाउन आता-जाता था। यहाँ-वहाँ घूमकर ख़बरें जुटा लाता था। पलुस ने कई एक घरों में पानी पहुँचाने का काम भी ले लिया था। वह इन्दारे से पानी उठाता था। यह सब देखकर शशि को बेहद भला लगता था।

महुली को एक बेटा भी हो गया। दो बरस भी गुज़र गये। केशव ने पास भी कर लिया। मोती बाबू उसके लिए नौकरी की कोशिश करने लगे। इसी दौरान मुनाहिर महतो पलुस से मिलने आ पहुँचा।

मुनाहिर ने कहा, "गोइलकेरा की तरफ चक्कर लगा आऊँगा। शशि महतो से जान-पहचान करूँगा। सुना है, वह भला नौजवान है।"

"वह बेहद-बेहद भला नौजवान है।"

"सुनो, मुझे उन जगहों की विस्तार से जानकारी दे दो।"

मुनाहिर बेहद शान्त चेहरेवाला इनसान था! बातें भी वह बेहद शान्त लहजे में करता था। पलुस ने उसे सबकुछ समझा-बुझा दिया।

"शशि पर भरोसा किया जा सकता है?"

"मोती बाबू ने क्या कहा है?"

"उन्होंने तो पूरा-पूरा भरोसा करने को कहा है।"

"फिर क्यों पूछ रहे हो?"

मुनाहिर ने कहा, "चल, बाहर चलते हैं।"

वे दोनों पैदल-पैदल चलते रहे।

मुनाहिर ने कहा, "अब काफी सारे नक्सल दल भी हमारे साथ हैं।"

"किन लोगों के साथ?"

"झारखण्डी लोगों के साथ। एक लड़के को कुछ दिनों जंगल या गाँव में रख सकोगे, शशि? चार दिनों के लिए?"

"मोती बाबू जानते हैं?"

"मोती बाबू से बात नहीं की।"

“क्यों?”

“वह किसी और पार्टी का लड़का है।”

“फिर भी, उनसे बात कर लो! ऐसी मदद वह कई बार कर चुका है। उसके हाथों किसी का भी अनिष्ट नहीं हुआ। शशि के गाँव में गोइलकेरा थाने से पुलिस की दौड़ हरदम आती रहती है।”

मोती बाबू सारी बात सुनता रहा।

उसने कहा, “शशि के जरिये ही उसे वहाँ ठहरा दूँगा। गाँव के उजड़े हुए लोगों ने जंगल के उस पार बस्ती बसा ली थी। शशि पर उन लोगों का भरोसा भी है। लेकिन, मुझे यह बताना होगा कि वह लड़का कौन है? उसने क्या किया है?”

मुनाहिर ने हल्की हिचकिचाहट के साथ कहा, “जमशेदपुर का काली सिंह! वह लीडर है। पुलिस के साथ मारपीट करके भाग आया है। सूरत-शक्ल से आदिवासी लगता है, उन लोगों की भाषा भी बोलता है?”

“उसके बदन पर ज़ख्म-वख़्म भी है?”

“कन्धे पर ज़ख्म है।”

“सा-ला! सब मेरी ही तकदीर में जुटता है। चलो, ले आओ साले को। हम ले जाएँगे। चल, पलुस! शशि कहाँ मिलेगा?”

शशि उसी दिन दवाएँ लेने के लिए अस्पताल चला आया था। उसकी माय को बुखार आ गया था। अन्त में शशि उसी काली सिंह को लेकर, शाम ढलने के बाद, रवाना हो गया। केरे गाँव उज़ार दिया गया था। उसकी जगह नया केरे गाँव बस गया था! वहाँ गिधनी जामोदा को बार-बार समझा-बुझाकर, काली को गिधनी के मचान पर छोड़कर वापस लौट आया। मुनाहिर के पैसों से खरीदे हुए चावल और आटा भी वहाँ दे आया।

अगले दिन शशि बेभाव घबड़ा गया। काली लँगोटी पहने, कन्धे पर मैली पट्टी बाँधे, केरे के लोगों के साथ जंगल से काठ बटोर रहा था।

गिधनी ने कहा, “शशि, मोरी बहिन का यह बेटा कैसा है, ज़रा देखो तो! काठ बटोरने में हाथ बँटा रहा है।”

“तोरी बहन का बेटा बड़ा भला है, जी!”

काठ बटोरते-बटोरते शशि ने बेहद धीमी आवाज़ में कहा, "बाघ के साथ, यह कैसा खेल है? जंगल-गार्ड पहरे पर है न?"

"उसे पैसे टिका दिये हैं।"

"बीट बाबू?"

"उसे भी!"

"उसने क्या कहा?"

"बेहद खुश हुआ! कहा, जितनी मर्जी काठ बटोरो।"

"चलो, अच्छा है।"

"लेकिन, काठ बटोरने के लिए रात को क्यों आते हैं?"

"क्यों?"

"है कोई बात!"

शशि कई-कई रात आता-जाता रहा। उसके बाद गिधनी की बहन का बेटा चला गया।

जाते-जाते वह कह गया, "झारखण्ड आन्दोलन में शामिल हुए बिना, आदिवासी जी नहीं पाएँगे।"

"कहीं इस आन्दोलन में भी नमकीन-खारा पानी तो नहीं आ मिलेगा? मीठा पानी नष्ट तो नहीं कर देगा? अभी हमें सबकी मदद लेनी होगी, दल में शामिल करते समय चुन-चुनकर लोग लूँगा। लेकिन उन सबको जोड़कर, एक गुट बनाऊँगा।"

"बना पाओगे?"

"तुम भी उसमें शामिल हो, हे! बहनोई पलुस भी हैं। हमारी पार्टी गरीबों की फिक्र करती है, जी, गरीबों के बारे में सोचती है। सिंहभूम में जो भी यह बात कहेगा, उसे आदिवासी बन्दा ही समझ लेना होगा। है कि नहीं?"

"तुम सच कहते हो।"

"आदिवासी की मदद पानी है, तो आदिवासियों की मदद भी करो। तब देखना, कितने लोग साथ हो लेंगे!"

"तुम तो भागे-भागे अपनी जान बचाने में जुटे हो।"

"ऐसे दिन नहीं रहनेवाले, भइये! तुम और पलुस जो कुछ कर रहे हो, अच्छा कर रहे हो। ठीक कर रहे हो। आदिवासी लोगों पर जो भी चोट

आये, उसे झेलते हुए लड़ जाना, लड़ते रहना। तुम देख लेना, दल को मदद भी मिलने लगेगी। तुम लोग अकेले जंग नहीं कर रहे हो।"

काली सिंह इसी ढंग से शशि में प्रेरणा भर गया। उस समय भी शशि, काली को इसी नाम से पहचानता था।

जाने से पहले, शशि ने कहा, "मोती बाबू तो यह बात कहकर चले गये। अब क्या होगा, यही सोचकर डरा हुआ हूँ। क्या सुनूँगा? सरकार क्या शाल पेड़ की कटाई करके, सागौन की रोपाई करेगी?"

"ज़रूर!"

"अरे।"

"सागौन में बेभाव मुनाफ़ा है। शाल पेड़ के मुक़ाबले बढ़ता भी है बहुत जल्दी-जल्दी! सागौन काठ का दाम भी सौ गुना ज़्यादा है। झारखण्ड आन्दोलन में, छोटा नागपुर का जो मतलब समझते हो, यह सागवाना लड़ाई भी वहाँ के सकल आदिवासियों को इकट्ठा और एकजुट कर देगी।"

"सागवाना लड़ाई?"

"हाँऽऽ, शाल या सागौन! हम सबको यह समझना होगा। यह होगी जब्बर लड़ाई।"

यह कहकर काली सिंह चला गया। शशि हलदी लौट आया। हलदी गाँव में एक बड़े बूरू और एक छोटे बूरू के बीच एक-एक खाई थी। खाई के किनारे और सीने पर चट्टानें! बड़े बुरू पर खड़ा था, एक विशाल शाल पेड़!

ऐसा विशाल शाल पेड़, शशि की नज़रों में विशेष अहम हो आया। शाल नहीं था? शाल का जंगल भी नहीं था? छाती के अन्दर खून हलचल मचाने लगा। आसन्न होली के लिए उसे अहसास हुआ कि उसके खून की बूँद-बूँद में गीत मचल उठा है। होली के मौके पर शशि ने वह गीत गाया–

हे बूढ़े शाल, तुमको परणाम्!
अपने फल-फूल से देते हो जीवन, ए-हो!
जनम ना दिया, फिर भी तुम-माँ
अन्न ना दिया, फिर भी तुम-बाप
अपने फल-फूल से देते हो जीवन, ए-हो!
हम जैसे ही हो, तुम भी आदिवासी,

सरकार तुम पर बहुतै गुस्सायी
लेकिन मारेगा कौन, तुम पर कुदाल?
हम ऐसा होवे ना देंगे, होवे ना देंगे हम!
ए-हो!

झारी ने कहा, "ई कइसा गीत बनाय रहा है? मनहूस बात! हाड़-हाड़ कँपा दिया तूने!"

"आज गाना सुन, कल आँखी से भी देख लेना।"

"का देखूँगी?"

"सागौन-रोपाई करेगी सरकार!"

"अइसा काहे करत है सरकार? कितनी जगह, कितने रूखे-भुक्खे पड़े हैं..."

"आदिवासी जीवन जलाये बिना, सरकार सिंहभूम में कोई काम हाथ में लेना नहीं जानती। रूखी-सूखी माटी में सागौन-रोपाई से हम लोगन की जान जो जलती है, इसीलिए शाल पेड़ों की कटाई करेगी। सागौन-रोपाई करेगी।"

"हम लोगन का करेंगे?"

शशि के चेहरे पर मीठी-सी मुस्कान खिल आयी, "सागौन काट फेंकेंगे! शाल आदिवासी, सागौन दीकू!"

"इस बात से तो आग लग जावेगी।"

जब ये सारी बातें चल रही थीं, उस वक्त भी किसी ने यह नहीं सोचा था कि किसी दिन तिताहातू में आग जल उठेगी और देवेंगदा में दावानल जल उठेगा।

उसके बाद, पलुस मुनाहिर के दल में शामिल हो गया। मुनाहिर ने शशि को भी बुलाया था।

उसने कहा, "आदिवासी संग्राम समिति अब झारखण्डी हो चुकी है। आकर उन लोगों का काम देखो। जोहान लुमदार का नाम सुना है?"

"अब सुन रहा हूँ।"

"शिक्षित लड़का है। अच्छा नेता है।"

"वह साथ रहेगा?"

"रहेगा, साथ रहेगा।"

बुशर्ट और पैण्ट पहने, जोहान लुमदार, पिछले दिनों का काली सिंह था।

उसने शशि के साथ काफी हँस-हँसकर बातें कीं। शशि सदस्य तो हो गया, लेकिन वह जमशेदपुर में नहीं रुका।

"तुम यहाँ क्यों नहीं रहते?"

"क्यों रहूँ?" शशि पार्टी करने लगा था। अब, वह जब चाहे, बाबू भाषा में बात कर सकता था।

"तुम्हारा तर्क क्या है? मैं तुम्हें यहाँ रहने को तो कह नहीं रहा हूँ। तुम अपने जिले के टाउन में रहो।"

"टाउन में कितने आदिवासी रहते हैं?"

"खूब कही!"

"जहाँ मेरी जगह है, मुझे वहीं रहना होगा। मुझे लोगों की उम्मीदों को ज़िन्दा रखना होगा। आदिवासियों को वहाँ छोड़कर, यह मेरे मन को चैन मिलेगा? पलुस अगर रहना चाहे, तो वह रह सकता है। मुझसे ऐसा नहीं होगा। नहीं, यह गुस्से की बात नहीं है। पलुस की भीत-भूमि कहाँ है? वह जहाँ चाहेगा, वहाँ! वह लिखना-पढ़ना भी जानता है।"

"तुम भी जानते हो?"

"वह मुझसे ज़्यादा जानता है! वह उस तरह के कामों में उपयोगी हो सकता है! मेरी बुनियाद जहाँ है, वहाँ सागौन-रोपाई की बात चल रही है। मैं भला यहाँ रुक सकता हूँ?"

"पलुस भी यहाँ स्थायी तौर पर नहीं रहेगा। वह और बाकी सभी लोग ग्राम की बुनियाद में काम करेंगे।"

"हाँ, कर सकते हैं?।"

शशि लौट आया।

उसके अन्तस् में गहरी, बेहद गहरी पीड़ा पलती थी। आने से पहले उसने अपनी पीड़ा की वजह जाहिर की। पलुस की बीवी? उसका बेटा?

"ठीक बाबू लड़कों के लहजे में पलुस ने कहा, "उसे समझना चाहिए कि मैं घर-घुसरा दूल्हा नहीं हूँ।"

शशि के चेहरे पर खिन्न मुस्कान झलक उठी, "ऐसी बात तो मोती बाबू ने भी कही हैं, और-और लोगों ने भी! लेकिन अगर पार्टी का काम करना है, तो ब्याह करना सही नहीं है। इसीलिए मेरी भी हिम्मत नहीं होती।"

जोहान लुमदार और मुनाहिर ने हँसकर माहौल को ज़रा हल्का कर डाला।

जोहान ने कहा, "सुनो, शशि, मुनाहिर और भरत—ये दोनों जन टाउन में रहेंगे। वे लोग मदद करेंगे और सदस्य इकट्ठे करेंगे।"

शशि ने सूखी-सूखी आवाज़ में कहा, "सदस्य तो मैं भी जुटा दूँगा। यह मदद मैं भी कर सकता हूँ।"

जोहान ने उसके कन्धे पर हाथ रखकर कहा, "मुझे बेहद खुशी हुई। तुम जैसे व्यक्ति की ही ज़रूरत है।"

शशि ने कहा, "पहले देख तो लो कि मैं काम कैसा कर सकता हूँ! मैं भी देख लूँ कि तुम लोग क्या करते हो? मुझ जैसे व्यक्ति की ही ज़रूरत है, यह बात मैं पहले भी सुन चुका हूँ।"

शशि वापस लौट आया। कई दिन बाद ही पलुस, महुली और बेटे को लेकर आ पहुँचा। अपनी और महुली की कमाई के रुपयों से वह चाय-पैकेट, चीनी, पाउडर दूध, बीड़ी, माचिस, केतली, काँच के गिलास, छ़न्नी, चम्मच वगैरह खरीद लाया था।

शशि ने कहा, "क्या करेगा, रे, साला?"

"एइ शशि, कौन, किसका साला है, बे?"

"क्या करेगा?"

पलुस ने जवाब दिया, "बातचीत तो सुन ही आया। सुन, इन सामानों के साथ झारी महतो चाय की एक दुकान खोल लेगी।"

"हाय बाप! यह ख़बर तो मुझे भी नहीं थी।"

"महुली सब दिखा-सिखा देगी। बस-सड़क के किनारे! चल, शशि, दुकान-घर हम तैयार कर लें। देख न, मेरा बेटा अभी कुल तीन बरस का है। थोड़ा और बड़ा हो जाए, तो वह भी मइयो की मदद करेगा। महुली घर देखेगी, जंगल आती-जाती रहेगी, बस आने-जानेवाली सड़क है! चाय सभी मुसाफिर पीएँगे। दिन में तीन रुपये तो आ ही जाएँगे। खर्च निकाल दें, तो भी महीने में तीन कूड़ी, साठ रुपयों की कमाई तो हो ही जाएगी।"

झारी हँसते-हँसते लोट-पोट हो गयी।

शशि ने कहा, "तू, साला, अति चालाक, गिद्ध है। चल, बिड्डी बाबू के

पास चल। उसे भी जानकारी दे आएँ, वर्ना इसमें भी नियम-क़ानून दिखाकर, झारी महतो को जेहल पठा देगा।"

"चल, उसके यहाँ भी हो लेते हैं।"

वैसे झारी उसी पल केतली के प्रेम में पड़ गयी। वह उस बर्तन पर हाथ फेरती रही।

उसने कहा, "यह तो चाँदी की तरह झक-झक चमक रहा है, रे! ऐसी चीज़ चूल्हे पर बिठाकर, इसे काला करूँ?"

महुली ने तिरछी आँखों से कमरे में नज़रें घुमायीं।

उसने कहा, "गोइलकेरा से मेरे लिए मुर्गी लेते आना।"

जवाब में शशि ने पूछा, "बड़ी रोजगारी बन रही है, खिलाएगी न?"

"ना! पालूँगी! तुम घर के कोने में बेड़ा घेर दो! घर की हालत नहीं देखी? बिल्कुल हिला हुआ है।"

शशि को मानो दोबारा मनोबल मिला।

उसने कहा, "इस बार मैं और तू मिलकर घर बाँध लूँगा। माय से अब नहीं होता, री!"

बिड्डी बाबू को एक मुर्गी देनी पड़ी। जाने क्यों तो उन्होंने दुकान खोलने की बात, सादर मान ली।

उन्होंने कहा, "पलुस नौकरी की खोज में जाएगा, यह तो अच्छी बात है। माँ दुकान खोलेगी, यह भी अच्छी बात है। तू क्यों नहीं, किसी काम, किसी नौकरी में लग जाता? कामकाज में जुटे रहे, तो दिमाग़ ठीक रहता है।"

"तुम ही काई काम क्यों नहीं दे देते?"

"दूँगा! दूँगा! देखता हूँ।"

"बाबू, सावन ड्यूटी पर है?"

"है न! उसकी बीवी, सारी भी तो हम लोगों के लिए पानी लाती है, मसाला पीस देती है, घर की झाड़-पोंछ करती है।"

"वाह! यह तो अच्छी बात है।"

"कामकाज में लगे रहो, तो मन-मिज़ाज भी ठीक रहता है। अब सावन को ही देख, अब कैसा, काम में जुटा हुआ है।"

"सावन कहीं नज़र नहीं आ रहा है।"

"हाट गया है, रे! सुन, तुम लोगों को मेरी सलाह है कि अच्छे-भले ढंग से रहा करो! कोई गोलमाल मत करो। कोई फ़ायदा नहीं होगा।"

"अरे, नहीं! नहीं!"

"यह झारखण्डी मामला अच्छा चल रहा है। ये लोग कोई मार-दंगा नहीं उठाएँगे। अर्जी देकर जानकारी देंगे! अच्छा है, बहुत अच्छा है।" बी.डी.ओ. ने अललटप्पू यह जुमला उछाल दिया और उसकी प्रतिक्रिया पर गौर किया।

"हमें और कोई चीज़ की ज़रूरत नहीं है, बाबू! पेट भर भात, माथे पर छादन! बस, और कुछ नहीं चाहिए।"

"यह तो अच्छी बात है।"

दोनों लोग बाहर निकल आये।

पलुस ने कहा, "साला, हाड़-हरामी है, रे! बातों का जाल फेंककर, पेट से बात निकालना चाहता था।"

शशि गा उठा–

बिड्डी बाबू, हो!
अपने को तुम चालाक समझो, हो
चालाक समझो, होऽऽ

उसी समय उन दोनों को ही किसी की आवाज़ सुनाई दी–

"ए हो पलुस! शशि!"

उन दोनों ने देखा कि सारी दौड़ती-दौड़ती उनकी ही तरफ आ रही है।

करीब आकर, सारी ने भीत-त्रस्त आवाज़ में कहा, "सावन भीतर के कुएँ से पानी भर रहा है। वह पाजी-मरदूर तुम लोगन से बात नहीं करने देगा, इसलिए वह झूठ बोल गया। सावन ने मोसे कहा–"सारी, तुझे ज़ोर का परवाना आया है, यह कहकर तू चली जा। ये मोरे चार रुपइय्ये शशि को दे देना" और सुनो, तुम लोगन ने जो मुर्गी दी, उससे पहले ही आज चार-चार मुर्गी काटी गयी हैं। रात को तिरपुरी दारोगा और उन्नय बाबू खावेंगे। परसों सावन छुट्टी लेगा। कुछ पता चला, तो तुम लोगन को खबर दे आवेगा।"

"बहुत अच्छा है! तू जा! कोई देख लेगा।"

"ई सावन बड़ा डरात है! हम उतना बिल्कुल नहीं डराती। जदी ऊ नहीं गया, तो हम चली जाऊँगी।"

"तुम किसलिए आ रही हो?"

"तुम लोगन नहीं जानत हो? तीन बरस के अन्दर-अन्दर शाल उपाड़कर सागौन-रोपाई करेगा। कितने बड़े-बड़े अखबार में इलाके की कित्ती बड़ी-बड़ी तस्वीर आँक रहे हैं! चिन्हारी लगा रहे हैं कि कहाँ-कहाँ शाल पेड़ हैं। खूटकाट्टी जंगल भी अब ख़तम कर देंगे। और..."

"और क्या?"

"और पता नहीं क्या-क्या तो..."

"याद करके बता।"

"रुको, हाँऽ, याद आया! गोइलकेरा थाने को बड़ा करेंगे। वहाँ पुलिस की गिनती बढ़ा देंगे। सभी आदिवासी झारखण्डी हो रहे हैं, इसके लिए और ज़्यादा पुलिस चाहिए। अच्छा, हम जाती हूँ..."

सारी चली गयी। पलुस और शशि एक-दूसरे की आँखों में देखते रहे। शशि ने कहा, "अब, समझा, पलुस? ऐसे समय में मैं अपनी भीत-भूमि नहीं छोड़ूँगा।"

"सदस्य बनाएगा?"

"जरूर!"

"मैं सदस्यों का रजिस्टर दे जाऊँगा।"

"दे जाना।"

शशि महतो रजिस्टर लेकर गाँव-गाँव घूमने लगा—

आदिवासी घूमें बनाकर टोली,
करें पार वन-जंगल!
पैदल-पैदल घूमें वही राह,
भालू डोलत फिरें जिस राह!
लिक्खे औरत अपने पति का नाम,
जो लगाती थी पहले अँगूठा
ढेरों रजिस्टर, ढेरों आदिवासी!
भरत ने दी, शशि महतो को साबासी!
लेकिन तिरपुरी दरोगा?
वो हो गया आगभभूखा।

चाँद बरोज़ उसका सिपाही!
तिरपुरी दरोगा को मारी लाठी!
मारी लाठी, तिरपुरी दरोगा को!

इस किस्म की घटना झातो गाँव में सचमुच घट गयी। उस समय पलुस, अपने गाँव में नहीं था। वह आता-जाता रहता था। पलुस के साथ भुजंग भी आ पहुँचा था।

वह अपना नाम भुजंग महतो बताता था, लेकिन शशि को विश्वास था कि उसका कोई और भी नाम है। भुजंग, सिंहभूम का व्यक्ति नहीं है, यह बात वह बखूबी समझ गया था। सीमान्त के उस पार, पश्चिम बंगाल के मेदिनीपुर के पश्चिम में क्या हो रहा है, यह जानने में भुजंग को अतिशय दिलचस्पी थी।

हर काम के समय भरत और मुनाहिर को जानकारी देने का नियम था। कोई अन्याय-अविचार हुआ, तो उसका तत्क्षण मुक़ाबला करेंगे। अगर मुक़ाबला करेंगे, तो पुलिस आ धमकेगी। उसके बाद आवेदन दिया जाएगा। प्रतिवाद ज्ञापन। पुलिसिया अत्याचार की मात्रा मुताबिक तफ्तीश के लिए अर्जी! साथ ही जिस मूल माँग की वजह से वह घटना घटी, उस बारे में सुविधा के लिए और-और माँगें!

तमाम घटनाओं की ख़बर, पुलिस यथासाध्य बाहर जाने नहीं देती। लेकिन इससे पहले मोती कोआर के अख़बार में छाप दो। उसके बाद भरत और मुनाहिर अपनी-अपनी रिपोर्ट जोहान लुमदार को भेज देंगे।

कलकत्ता, पटना और बम्बई-दिल्ली में जोहान का सम्पर्क-सूत्र था। अगर कई एक घटनाएँ घट गयीं, तो वह छपाने का भी ठीक इन्तज़ाम कर लेगा। भारत के असंख्य लोगों में बहुत कम-से लोग बिहार के बारे में सोचते थे। उन्हीं में से कोई व्यक्ति यहाँ चला आएगा और सिंहभूम की सच्ची कहानी लिखेगा।

शशि को इन सबकी जानकारी थी। लेकिन झातो गाँव की घटना झट से घट गयी। वह किसी को भी इसकी जानकारी नहीं दे सका।

झातो गाँव में एक हाट लगती थी। मोती कोआर ही पागल-छागल था। उसके पास पैतृक मकान के अलावा कुछ भी नहीं था। उस मकान से भी

पच्चीस रुपये से ज़्यादा किराया उठाने तक का इल्म नहीं था। मोती के एक रिश्ते का भाई था—चन्दन कोआर! रेलवे का ठेकेदार! अमीर आदमी! मोती कोआर को वह तवज्जोह ही नहीं देता था।

यह जो चन्दन आदिवासी था, वह हाट-हाट में अपनी दुकान लगाता था। उसकी दुकान में मसाले-नमक-तेल-आईना-कंघी-दाद का मलहम-गमछा-कनखोदनी-जीभछोलनी, गठिया के लिए तेल और कैलेण्डर की तस्वीरें, वगैरह सारी सामग्रियाँ होती थीं। यह दुकानें काफी मुनाफा देती थीं, क्योंकि चन्दन वहाँ अनाज या मुर्गी या चिरौंजी या शहद के बदले भी सौदा बेचता था। अतिशय वज्र-देहात में ही लक्ष्मी उसका इन्तज़ार करती थी। चिरौंजी बड़े शहर में अस्सी रुपये किलो बिकती थी। चन्दन एक किलो चिरौंजी के बदले में एक किलो नमक देता था, वर्ना थोड़ी-सी मिर्च और हल्दी। दस किलो धान के बदले में एक गमछा देता था; पाँच किलो में टिन का आईना और कंघी बेचता था। सात किलो सरसों के बदले में काँच की माला और चूड़ियाँ देता था। आदिवासी लोग अनाज का दाम जानते थे। पैसों में अगर खरीद पाते थे, तो वे लोग भी खुश होते थे। लेकिन चन्दन आदिवासी लोगों को पैसे निकालकर देते देखता था, तो वह उन लोगों को डाँटकर भगा देता था।

किसी एक विचित्र परिस्थिति में इसी झातो गाँव को लेकर गोलमाल शुरू हो गया।

झातो के लोगों ने शशि से कहा, "सदस्य भी हो गया, टीप-सही भी दिया, लेकिन हाट में जाकर हम यूँ फकीर होकर क्यों लौटते हैं? सरकार कोई नया हाट क्यों नहीं बना देती?"

शशि और भुजंग ने आपस में गम्भीर सलाह-मशविरा किया और बी.डी.ओ. के पास पहुँच गये। ब्लॉक में बी.डी.ओ. ही हाकिम होता है। यही थी घटना। हाथ में इतनी क्षमता पाना, शायद इस बी.डी.ओ. के लिए सही नहीं हुआ। नाम और बदन के रंग के अलावा, वह और किसी भी नज़रिये से आदिवासी नहीं लगता था।

बी.डी.ओ. ने कहा, "यह तू लोग क्या कह रहा है? मेरे ब्लॉक में यह जुलुम? और मैं ही नहीं जानता?"

"हाँ, अब तो जानकारी दे गया?"

"मुझे विश्वास नहीं होता है, रे!"

शशि ने कहा, "अच्छा, तुम लोग अपने नौकर-माली को पैसे देकर भेज दो। और कुछ मत देना। आईना या कंघी, जो भी मन चाहे, एक रुपयों का सामान ले आने को कहो।"

"ठीक है! ऐसा ही करूँगा।"

शशि उस दिन अपने मन से ही हाट पहुँच गया। बी.डी.ओ. नौकर-चाकरों के साथ गया और उन लोगों को सौदा लेने की हिदायत दी।

दुकानदार ने झुँझलाकर कहा, "रुपइय्ये दिखाता है, साला। जा, पाँच किलो धान ले आ, तब सौदा मिलेगा।"

शशि बोल उठा, "दे क्यों नहीं देते?"

"तू कौन है, रे? चोर का भाई चिउड़ा? चोर का साथी बटमार?"

यह जवाब सुनकर भी शशि को गुस्सा नहीं आया।

बी.डी.ओ. के नौकरो को बाहर ले आकर उसने हिदायत दी, "खबरदार, मेरा नाम बिल्कुल मत लेना और विस्तार से बताना।"

"समझ गया, शशि!"

"ले। बीड़ी पी।"

"शशि!"

"क्या?"

"हम सबको भी तू झारखण्डी क्यों नहीं बना लेता? झारखण्डी हो गये, तो हम सबको भी ज़मीन-जगह मिलेगा?"

"ज़रूर बना लूँगा। तू लोग मुझे नहीं जानता। जिसमें तुम लोगन का भला हो, उसी में मेरा भी सुख है।"

"यह तूने सच कहा।"

उन लोगों ने बी.डी.ओ. को बताया, "नहीं दिया बाबू! कहता है, पाँच किलो धान ले आ। हम सबन को चोर कहा।"

"तूने बताया था कि तुम लोग किसके चाकर हो?"

"हाँ, बताया था" वे सभी अपनी नज़रें नीची करके, अपने दिल की धड़कनें गिनते हुए झूठ बोल गये।

"अच्छा? इतनी बड़ी बात?"

बी.डी.ओ. गुम हो रहा।

उसके बाद, उसने थाने जाकर अपने शाम के अड्डे में त्रिपुरी दारोगा को सारा किस्सा कह सुनाया। त्रिपुरी दारोगा बेभाव भड़क उठा।

उसने कहा, "इतनी बड़ी बात? आज उसने कहा कि आपको नहीं मानता। कल कहेगा—मुझे नहीं मानता। चन्दन कोआर टाउन में राजा होना चाहता है, हो जाए राजा। मेरे इलाके में यह सब नहीं चलेगा।"

बी.डी.ओ. यह बात अच्छी तरह जानता था कि आदिवासियों पर जुल्म होता रहे, इस बात से जैसे उसे कोई फ़र्क़ नहीं पड़ता, उसी तरह दारोगा को भी कोई फर्क़ नहीं पड़ता। वह दारोगा के गुस्से की वजह जानता था। चन्दन उसके इलाके से हज़ार-हज़ार रुपयों का धान-सरसों-चिरौंजी, मधु वगैरह कुल दो-ढाई रुपयों का सौदा देकर लूट ले जाता था और त्रिपुरी को कुछ नहीं देता था। माँगने पर जवाब देता था कि मेरी नाव बहुत बड़े पेड़ से बँधी है। देहात के दारोगा को मैं नहीं मानता। मेरे मुँह लगेगा, तो मैं भी बाघ का खेल दिखा दूँगा।

त्रिपुरी ने कहा, "अभी कोई बहुत अच्छा-सा और जबर्दस्त कमिश्नर आया है, अभी ही मौक़ा है। आप भी चले जाइए, भइया और आराम से रहिए। उसे सबक मैं सिखाऊँगा।"

"वापसी हाट के दिन आप जाएँगे?"

"जरूर जाऊँगा! लेकिन यह बात आप किसी से कहिएगा मत!"

बी.डी.ओ. का मान-सम्मान, अपने ही नौकर-चाकर के सामने ही धूल में मिल गया था। उन लोगों को वह इनसान ही नहीं समझता था।

अपना खोया हुआ सम्मान वापस पाने के लिए उसने अपने नौकरों के सामने हुंकार कर कहा, "मेरे नौकरों का यह अपमान?"

दारोगा ने कहा, "यह तो मेरी बेइज़्ज़ती है। इस बार हाट के दिन, उस पाजी-बदमाश को सबक सिखाने के लिए दारोगा जाएगा।"

नौकरों ने तत्काल यह ख़बर शशि को दी। शशि ने वही ख़बर भरत और मुनाहिर को भेज दी। वे दोनों लगभग बीस झारखण्डियों का दल बाँधकर पहुँचे और इधर-उधर बिखर गये। त्रिपुरी दारोगा भी लगभग दस लठैत पुलिस लेकर पहुँचा। उनके साथ वह दूर-दूर ही रहा।

उसने चार आदिवासियों को बुलाकर जवाब तलब किया, “एइ, क्या खरीदने जा रहा है?”

“नमक, गमछा, तेल, हुजूर!”

“साथ में लेकर क्या जा रहा है?”

“चिरौंजी और धान!”

“सुन, अपना बोरा और टोकरी यहीं उतार दे। यह ले, एक-एक रुपया! यह रुपया देना और सौदा माँगना।”

“नहीं देगा, हुजूर!”

“जा, बदमाश! मैं कह रहा हूँ, जा! तुम लोगों के पीछे-पीछे मैं आता हूँ न!”

आदिवासी काँपते-काँपते आगे बढ़े। सामने ही चन्दन कोआर की दुकान! पीछे-पीछे त्रिपुरी दारोगा। ऐसी मुसीबत में वे लोग जीवन में भी नहीं पड़े। पता नहीं किसका मुँह देखकर रात से भोर हुई थी!

वहीं एक बनिये की दुकान थी! भीड़ वहीं ज़्यादा थी।

उन सबके बीच ही चार आदिवासियों ने अपनी जुबान नम करके, सूखी-सूखी आवाज़ में कहा, “सौदा लेना है, जी, सौदा दो।”

“खाली हाथ आये हो, क्या मेरे रिश्तेदार लगते हो?”

“रुपइय्या लाया हूँ।”

“रुपइय्या?”

“हाँ, रुपइय्या दूँगा, सौदा लूँगा।”

दुकानदार ने फूहड़-सी गाली दी और एकदम से चीख उठा।

आदिवासी भी त्रिपुरी के भय से चीख उठे, “लाओ दो सौदा, रुपइय्ये के बदले में! सौदा दो, रुपइय्या लो।”

दुकानदार ने उनमें से एक को तमाचा जड़ दिया।

उसी पल उसे बाघ जैसी गर्जना सुनाई दी, “सिपाहियो, इस दुकानदार को बाहर निकालो! तोड़ दो इसकी दुकान! साले ने अपने बाप की जमींदारी समझ रखा है?”

दुकानदार के भी चार लोग वहीं मौजूद थे। उन लोगों ने भी सिपाहियों को ठोंकने के लिए अपनी-अपनी लाठियाँ उठा लीं। इसी गोलमाल में खुद त्रिपुरी के कन्धे पर भी लाठी दे मारा!

"आय बाप!" कराहते हुए त्रिपुरी एकदम से बैठ गया और मौका पाकर शशि लोग भी उस घटनास्थल में जा भिड़े।

"यह क्या? यह क्या? दारोगा साहब के बदन पर लाठी उठायी? यह मजाल? ऐसा दुस्साहस?" यह कहकर उन लोगों ने दुकानदार और उसके आदमियों की बेदम पिटाई की। त्रिपुरी को उठाकर पेड़ की छाया में ले आये। त्रिपुरी उनका खच्चरपन समझ गया। मगर उस वक्त वह कुछ नहीं बोला। दुकानदार, दुकानदार के लोग, उसकी बैलगाड़ियाँ, सामान—सबकुछ थाने में लाया गया।

शशि भी यह कहते-कहते उनके साथ हो लिया, "दारोगा, साहब, आप आ गये, इसीलिए इतने बड़े अन्याय को रोका जा सका।"

इसके बाद ही चन्दन कोआर त्रिपुरी के कामों में खुसफुस करने के बजाय सीधे उसके नाम नालिश करने को आमादा हो गया। फलस्वरूप हाट-हाट में पैसे देकर सामान खरीदने का रिवाज चालू हुआ। यह नियम साल भर तक लागू रहा, जब तक कि त्रिपुरी और चन्दन कोआर में मेल नहीं हो गया और दोनों के बीच हज़ारों-हज़ारों रुपये का लेन-देन नहीं हुआ।

उतने अर्से में झारखण्ड आन्दोलन ज़ोर पकड़ चुका था। इसलिए फसल और जंगल की सामग्रियों के बदले नमक-तेल बेचने का काम आसान नहीं हो पाया। थाने की मदद से भी सम्भव नहीं हुआ। त्रिपुरी यह क़बूल करने को लाचार हो गया कि झारखण्ड आन्दोलन, पुलिस को ही हैरान-परेशान करने के लिए शुरू किया गया है

ये सब घटनाएँ काफी पहले ही घट चुकी थीं। तिताहातू में गोलियाँ चलने से भी बहुत पहले। तिताहातू में जब गोलियाँ चलीं और वाणेश्वर मारा गया, उससे बहुत पहले ही शशि नेता बन चुका था और सागोयाना की लड़ाई, सिंहभूम के आदिवासियों के जीवन-मरण की लड़ाई बन चुकी थी। शाल या सागौन? यह सवाल मानो आग बिखेरता रहा...दूर-दूर तक अंगारे फैलाता रहा।

चार

सिंहभूम के आदिवासियों के जीवन में सन् 1969 का नवम्बर महीना बेहद-बेहद ज़रूरी था। धान-कटाई आन्दोलन, उजड़े हुए गाँव का नये सिरे से आबाद होना, यहाँ तक कि झातो के हाट की घटना भी सन् 1970-71 के दौरान ही घटी थी। साथ ही, इसी दौरान, शशि आंचलिक जीवन का अपरिहार्य अंग हो उठा, झारखण्ड आन्दोलन को गति मिली। झारी की दुकान को स्थिर-स्थापना मिल गयी, क्योंकि अब उसकी दुकान की बिक्री ढाई से बढ़कर तीन रुपयों से ऊपर बढ़ गयी थी। महुली का बेटा आठ वर्ष का होते न होते, काठ बटोरकर, झारी की दुकान का चूल्हा जलाने में हाथ बँटाने लगा था। महुली को दूसरी सन्तान भी हुई, मगर उसकी मौत हो गयी। पलुस और भुजंग, शशि की भीतभूमि, हल्दी गाँव में चले आये, क्योंकि सागोयाना की आग इस किनारे तक भी फैल चुकी थी।

इसी तरह ज़िन्दगी गुज़रती रही।

संग्राम प्रतीकात्मक हो उठा।

शशि ने प्रतीक भी ढूँढ़ निकाला।

सन् 1978 के 3 नवम्बर को गोइलकेरा हाट की घटना घटी और 6 नवम्बर को तिताहातू की घटना घटी।

तिताहातू की खबर, साप्ताहिक समाचार में छपकर, कई-एक बण्डल में मोड़ते-न-मोड़ते, मोती बाबू के यहाँ पुलिस की दौड़ आ गयी।

मोती बाबू का बेटा, केशव, बाज़ार करनेवाले थैले में लगभग सौ प्रतियाँ भरकर पीछे के दरवाज़े से खिसक लिया। वह साइकिल लेकर भरत के दफ़्तर दौड़ पड़ा।

उसने ख़बर दी, “यहाँ भी पुलिस बस, पहुँचने ही वाली है। वहाँ पुलिस आ गयी है।”

पार्टी के साथ तो मोती कोआर का सम्पर्क न होते हुए भी बना हुआ था। केशव पार्टी ऑफिस में भी ख़बर देने दौड़ गया। पुलिस मोती बाबू को गिरफ़्तार करके ले गयी।

उसने तसल्ली दी, “कुछ नहीं करेंगे हम। सिर्फ पूछताछ करके छोड़ देंगे।”

मोती बाबू पुलिस कस्टडी में रहे! राजनीति करनेवाली सभी पार्टियाँ जानती थीं कि पुलिस कस्टडी के बजाय, मोती बाबू के लिए जेल कस्टडी ज़्यादा सुरक्षित रहेगी। सिंहभूम के इस शहर में, जहाँ मोती बाबू को सभी पहचानते थे, वहाँ भी उनके लिए पुलिस कस्टडी शुभ नहीं थी। यह शहर तो आखिर भारत में ही था। भारत में हर कहीं, आपत्तिजनक और सन्दिग्ध व्यक्तियों को, पुलिस कस्टडी में रहते समय, बेतहाशा 'लापता', 'भगोड़ा' और 'गायब' किया गया है।

मोती बाबू को लॉक-अप में रखा गया था। उधर साप्ताहिक समाचार में छपी, कम्पोज़ की गयी, सभी ऑफिस-कॉपी ज़ब्त कर ली गयीं। छपाई मशीन भी! केशव सूखी-सूखी आँखों से सब देखता रहा। पुलिस के चले जाने के बाद, वह उस तहस-नहस कमरे में पथराया बैठा रहा, जब तक पार्टी के लोग नहीं आ पहुँचे।

उन्हीं लोगों ने झाड़ू लगाकर, पूरा कमरा साफ-सुथरा किया। भरत लोग नहीं आये। उन लोगों की उपस्थिति केशव के लिए सही नहीं होती।

अगले दिन, मौका देखकर, भरत आया और वह केशव को तसल्ली दे गया, "तुम बिल्कुल फिक्र न करना, केशव। मोती कोआर हमारा नजदीकी आदमी है। काफी अर्सा पहले उसने हम सबसे कहा था कि झारखण्डी आन्दोलन में सभी पार्टियाँ शामिल होंगी। वही हुआ भी! हम सब मिलकर मोती बाबू को निकाल लाएँगे।"

"मुझे बप्पा की उम्र को लेकर सोच हो रही है बप्पा ने इतनी-इतनी ख़बरें, इतनी-इतनी बार छापीं, लेकिन छापाखाना कभी बन्द नहीं किया। इस बार, अख़बार भी बन्द हो गया। वे लोग बप्पा को मारें-पीटेंगे तो नहीं?"

"अगर ऐसा हुआ, तो शहर में गोलियाँ चल जाएँगी।"

मोती बाबू को रिहा कराने के लिए विचित्र-विचित्र दल और विचित्र-विचित्र लोग पूरे दम से लड़ पड़े, लड़ते रहे। झारखण्ड आन्दोलन में शामिल सभी राजनीतिक पार्टियाँ पुलिस स्टेशन में हाज़िर हुईं। स्टेशन का कुली समुदाय भी अपने लीडर समेत चले आये। मोती बाबू ने क्या उन सबके बारे में बार-बार नहीं लिखा? छोटे-छोटे दुकानदार भी अपने यूनियन की तरफ से आ पहुँचे। उनकी दुकानों पर मस्तानों के हमले की ख़बर

कौन लिखता था? साइकिल रिक्शा यूनियन का पण्डा-महल भी हाज़िर हो गया और स्थिति की गम्भीरता को समझते हुए रिक्शावालों ने एक दिन की हड़ताल की भी घोषणा कर डाली। उसी दिन मेहतरों ने भी हड़ताल घोषित की। नहीं, कुछ कहने को नहीं था। अब जाकर जानकारी मिली कि मोती कोआर, छोटे दुकानदार, साइकिल रिक्शा और मेहतर–इन तीनों यूनियनों का भूतपूर्व सभापति रह चुका है। अपनी सेहत की वजह से वह उस पद से हट न गया होता, तो आज भी वह यूनियनों का सभापति होता। किसी छोटे शहर में इतना सब काफी ज़्यादा-ज़्यादा हो आया। चार दिनों के बाद ही मोती बाबू रिहा हो गये। सभी लोग बड़ी धूमधाम से उसे घर ले आये। लेकिन पुलिस की धमकी मोती बाबू को याद रही–"अब, कोई भी उत्तेजक ख़बर छापना नहीं चलेगा।" पुलिस ने प्रेस-घर पर भी ताला चढ़ा दिया। बहरहाल सभी लोगों की खुशी, मोती कोआर को कोई खुशी नहीं दे पायी।

सबके चले जाने के बाद, मोती बाबू ने कहा, "मुनाहिर को बुला ला, केशव! मुझे उससे बात करनी है।"

"वह कैसे आएगा?"

"नहीं आएगा?"

"ना! कुछ दिनों तक जान-सुनकर नहीं आएगा। पुलिस तुम पर नज़र रखे हुए है।"

"अब क्या करूँ?"

"इधर कुछ दिनों मुझे जितनी तकलीफ उठानी पड़ी...ख़ैर, जो हुआ, सो हुआ! अब, तुम सो जाओ।"

"ठीक है, सो जाता हूँ।"

लेकिन रात को भी मोती बाबू को नींद नहीं आयी। केशव समझ गया, उसके पिता को कोई परेशानी हो रही है।

"क्या बात है? क्या हुआ, बप्पा?"

"केशव!"

"क्या, बप्पा?"

"तेरी नौकरी तो पक्की है न?"

"बे-शक़!"

"सुन, एक काम कर! अच्छा, रहने दे!"

"क्यों? क्या हुआ? बताओ तो सही!"

"क्या बताऊँ? भोर-भोर ही मुनाहिर या भरत को एक ख़बर देनी होगी, बच्चे! उन्हें बताना होगा कि सागोयाना आन्दोलन में कोई बहुत बड़ी चोट आ रही है। पुलिस शशि के नाम झूठमूठ का केस बनाएगी। जंगल उन्नयन अफसरों के साथ काठ के ठेकेदार, भकतराम मोहानिया का कोई गुप्त समझौता हुआ है। भकतराम ने कहा है कि खाते में दिखाऊँगा कि हज़ार शाल पेड़ काटे गये, लेकिन काटूँगा, पाँच हज़ार। जंगल नष्ट कर रहे हैं, यह आरोप लगाकर, आप भी आदिवासियों को उचित सबक सिखा सकेंगे। सिर्फ शाल काटने से किसी का विश्वास नहीं टूटेगा। मैं पूरा-का-पूरा जंगल ही काटकर साफ कर दूँगा। उसके बाद, आप सागौन रोप दीजिएगा। सागौन में मेरा भी नफा है, आप लोगों का भी!"

"सच्ची, बप्पा?"

"हाँ, केशव, बिल्कुल सच!"

केशव कुछ देर बेचैन रहा।

थोड़ा ठहरकर उसने कहा, "बप्पा, यह काम मैं करूँगा। लेकिन, अब तुम्हारी पुत्रवधू बड़ी हो गयी है। वह आएगी। बिजली ऑफिस में अभी मुझे तीन सौ रुपये मिलते हैं। अब, तुम मेहनत मत किया करो। घर की ऊपरी मंज़िल खाली होनेवाली है। इस बार, वह हिस्सा पचास रुपये किराये पर उठाऊँगा।"

"जैसा तुम चाहो।"

"अब तुम आराम करो, बप्पा!"

"अख़बार तो चला गया, केशव!"

भोर-रात ही केशव ज़रूरी ख़बर पहुँचाने निकल पड़ा।

कई दिनों के अन्दर मोती बाबू को विस्मित और अभिभूत करते हुए, पुरानी पार्टी के पुराने कॉमरेड लोग, मोती बाबू को एक साइक्लोस्टाइल मशीन सौंप गये।

उन लोगों ने कहा, "यह हमारी तरफ से भेंट है। लीजिए और फटाफट छापते रहिए। साप्ताहिक समाचार हमें गालियाँ देता रहा, लेकिन, हम भी

आदिवासी संग्राम में हद की सीमा तक शामिल हैं, यह बात याद रखें।"

"शामिल तो तुम सब हो ही और मोती कोआर भी यह बात लिखता रहा है।"

"उपहार कैसा लगा?"

"भइये, इससे ज्यादा मूल्यवान भेंट क्या कभी किसी को मिला है? अब, तुम लोग भी मेरी बात सुनो।"

मोती कोआर ज़रूरी-ज़रूरी बातें उन लोगों को समझाता रहा।

कॉमरेड लोगों ने कहा, "मोहानिया की ज़ोर-जबर्दस्ती अब हम तोड़ देंगे। उन सालों ने हमारे जंगल के जंगल साफ कर डाले, और हमारे जंगल लेबर यूनियन की औरतों की भी बेइज़्ज़ती करता है। इतना मार-दंगा मचाये रहते हैं, तभी न जंगल लेबर को मजूरी मिलती है।"

कोई बोल उठा, "मेरी पार्टी की तो संग्रामी भूमिका सिंहभूमि में है और इसके लिए मुझे गर्व भी है—"

"दद्दा, जो भी करना, सोच-समझकर करना। उस केशव को मत लपेटो। तुम्हारा अख़बार हम लोग ही बाँट दिया करेंगे।"

"बाहर भी भेजूँगा।"

"शशि को पकड़ो।"

"वह तो हमारा इलाका नहीं है।"

"तुम्हारा इलाका नहीं है, तो क्या? सुनो, कुछ न कुछ घटनेवाला है! कुछ घटकर ही रहेगा।"

"झारखण्ड आन्दोलन में हम सबका समर्थन है।"

"वहाँ विपत्ति आसन्न है।"

"नहीं, नहीं, आप बिल्कुल न घबरायें।"

"सुनो, भाइयो, आदिवासी उसे ही अपना समझता है, जो मुसीबत के समय उसका साथ देता है। अगर शशि को कुछ हो जाए, तो...?"

"उसे कुछ क्यों होने लगा?"

"सागोयाना की लड़ाई की वजह से।"

शशि को ख़बर मिल गयी। और भी बहुतेरे लोगों को भी इसकी सूचना मिल गयी। गोइलकेरा की घटना एक विच्छिन्न घटना थी? ना! वह समझ

चुका था। वह सभी लोगों को समझाता रहेगा। धान-कटाई, गाँव-उच्छेद, झोता हाट की घटना, गोइलकेरा हाट का मामला, तिताहातू में गोली-काण्ड, मोती कोआर का हाजतवास– सभी एक-दूसरे से अविच्छेद धागे में बँधा हुआ है। जीवन ऐसा ही होता है, जी! आदिवासी जीवन! गर्दन पर टिन का आईना लाद देता है और दस किलो धान छीन लेता है। 'ना' कहो, तो पुलिस आ पहुँचती है।

घटना पर घटना! जितनी भी घटनाएँ घटती गयीं, घास जितनी-जितनी सूखती रही, सूख-सूखकर खर-फूस बनती रही, अब, तिरपुरी दारोगा उसमें आग बिखेर रहा है। उसके पीछे है, जंगल उन्नयन विभाग!

शौक से ही मुनाहिर लोगों से नहीं जुड़ा था। उससे भी पहले कोई झूठमूठ ही पार्टी नहीं की थी। वहाँ भी मैंने कुछ-कुछ सीखा था। ज़िन्दगी ऐसी ही होती है, जी, कहीं सबकुछ विफल नहीं जाता। हर जगह हम तुम कुछ-कुछ सीख सकते हैं। मैंने तुम लोगों से कितनी बार कहा है। तुम लोग जवाब क्यों देते हो?"

"हाँ, कहो, शशि! बिहार सरकार राज्य आय का कितना हिस्सा, छोटा नागपुर से उठाती है? बताओ, सोचकर बताओ।"

"तीन हिस्से का दो हिस्सा!"

"राज्य पर कितना खर्च करती है?"

"पाँच हिस्से का एक हिस्सा!"

"किस पर ख़र्च करती है?"

"हाकिम-अमले-पुलिस पर!"

"आदिवासियों पर कितना ख़र्च करती है?"

"कुछ भी नहीं, जी!"

"अंचल में रूखी-सूखी ज़मीन नहीं है?"

"है न!"

"करना ही था, तो वहीं सागौन की रोपाई कर सकते थे।"

"हाँ, शशि, कर सकते थे।"

"लेकिन कर क्या रहे हैं?"

"शाल काटकर, सागौन की रोपाई!"

"यह सब क्या हम चलने दें?"

"ना, शशि नहीं चलने देंगे।"

"तब, नारा बुलन्द करोगे?"

"शाल आदिवासी, सागौन दीकू! यही नारा?"

"सागोन रोपाई बन्द करो!–यही नारा न?"

"ई बार हम का करेंगे?"

"हम सागौन सूतिकागार, सागौन नर्सरी तक जाएँगे और सारे सागौन काट-कूटकर फेंक देंगे।"

शशि किसी और गाँव की और सभा में जा पहुँचा। उसकी बातें, सीने में बहते खून के मादल पर थाप देने लगीं। उसके मन के दरवाज़े पर धक्का देने लगीं–

लिखित लिपि नहीं मोरे पास, रे,
गीतों के बोल में बँधी मोरी बात, रे!
शाल आदिवासी, सागौन दीकू
कउन पुकारे? शशि महतो, रे!
तिरपुरी तैयार, शशि तोहे पकड़े को
शशि कहे, कउन ये दरोगा तिरपुरी, रे?
हम शाल वन का बेटा, ऊँचा मोरा माथा!
लो, देखो, तिरपुरी ने उठायी बन्दूक, रे!
काहे तिरपुरी काहे, तानी बन्दूक, रे!
लो, फेंक दी मैंने तोरी बन्दूक, रे!
लो, धरो मोहे, तिरपुरी, हमें बाँध लो, रे!

20 नवम्बर को सावन भी चला आया।

उसने कहा, "शशि, ऊ हमका हलदी आवे नहीं दिया। मोरा बप्पा बीमार है, ई बोलकर हम भाग आये। तुमसे बात करनी है।"

"कौन-सी बात?"

"अब, मोरे सामने ऊ कुछ नहीं कहता। लेकिन, कल अचानक ऊ कहिस, सावन, कल छुट्टी दिया तुझे! जा, जल्दी घूम आ और यह भी पता कर आ कि शशि अब उस गाँव में आता है या नहीं।"

"तूने क्या कहा?"

"हम बोले, ओका घर बहुत दूर है, बाबू! अगर वह दिखाई भी दे जावे, तो वह मानस क्या थिर रहत है? झट् उठकर हाल चला जात है या जंगल के काम में दौड़ जात है। हम एही बोले। बाबू बोले—समझ गया! समझ गया! खैर, तू देखना, हमें बता जाना और सुन, उसके घर अभी मत जाना। शशि के नाम आजकल बहुत-से केस उठ रहे हैं। पुलिस उसे पकड़नेवाली है और सुन, कौन-कौन झारखण्ड दल में नाम लिखा रहा है, इसका भी पता कर आना। थाने में भी बता आएगा, तो दारोगा साहब तुझे बड़ा प्यार देंगे।"

"तो, जा, बता देना उसे!"

"ए हो, शशि, हम अप्पने बेटवा का खून पीऊँ, अइसा काम हम नाहीं कर सकते। झारखण्ड दल का नाम देने गया, तो सावन और सारी का नाम भी देवे पड़ी।"

"फिर भी तू दे देना।"

"ए हो, शशि, हमरे मन में शक़ है..."

"कैसा शक़?"

"बिड्डी बाबू क्या सच्ची आदिवासी हैं? या आदिवासी सजकर कउनो दीकू आ बइठा है? पुलिस, आदिवासी लोगन को पकड़ लेत हैं और मारते-मारते खींचकर ले जात हैं। ऐसे लोगों को सरकार लाती ही क्यों है?"

"आदिवासी तो वह सच्चा है। उसे लाया इसलिए गया है, क्योंकि आदिवासी इलाकों में, आदिवासी लाने का ही नियम है। हाँ, इनसान वह बुरा है। अब क्या किया जाए, बताओ?"

"सुन, तू सावधान रहना!"

"हाँ, सावधान ही रहूँगा।"

शशि ईषत् हँसा।

उसने सावन से कहा, "तू भी सावधान रहना। जान ले, धड़ पर सिर सलामत नहीं रहेगा।"

सावन चला गया।

शशि ने भुजंग से पूछा, "कितने जन जुटा पाऊँगा?"

"समझ लो, पाँच गाँव!"

"हाट में? ना! 24 को! शुक्रवार?"

"समझ लो दो सौ जन!"

"चल, वही जुटा लूँगा।"

"तू क्या करेगा, शशि?"

"सागोयाना आन्दोलन में बड़ी चोट हनने के इरादे से, वे हर तरह के इन्तज़ाम कर रहे हैं। खुटकाट्टी जंगल से शाल पेड़ काट डालेंगे। सागौन की रोपाई करेंगे। आदिवासियों का उच्छेद करेंगे।"

"जानता हूँ!"

"शाल पेड़ अपने फल-फूल-बीज-पत्तों से आदिवासियों की जीवन-रक्षा करते हैं। सरकार, शाल काटकर सागौन-रोपाई मत करो—यह बात दुहराते हुए, मैंने बहुत बार अर्जी दी। मुँह से झाग बहने लगा।"

"हाँ, शशि, यह तो सच है।"

"सरकार हमारी कोई बात नहीं मानती। सागौन से सरकार को कितना मुनाफा है, बार-बार यही दिखाती है। हम लोगों ने यह भी कहा कि उस मुनाफे का एक भी पैसा आदिवासियों के काम नहीं आएगा। हमने यह भी कहा कि यहाँ की लाल मिट्टी सागौन से हरा कर दो।"

"जानता हूँ, सब जानता हूँ।"

"आज सुबह सुनने में आया कि सकल जंगल, आस-पास के सकल जंगल, मोहानिया और वन-विभाग आपस में बाँट लेंगे।"

"फिर?"

"तू बोल, भुजंग, यही तो समय है।"

"हाँ, शशि!"

"देवेंगा-झातो-कूरा-बनपीरी-नागरकेला-सागोयान-सूतिकागार!"

आह! नर्सरी कर रहा है वन-विभाग! सागौन पेड़ सिर उठाकर मानो हम सबको देखते रहते हैं। देखना, एक के बाद एक सबको माटी में उतार दूँगा! एक के बाद एक! झारखण्ड जाकर, मैंने जितने नारे सीखे हैं, वे सब नारे दुहराऊँगा और हँसिया चलाता रहूँगा।"

"पुलिस आएगी, शशि!"

"हम भी लड़ जाएँगे! सारे शाल काट दिये जाएँगे और सागोयाना की रोपाई की जाएगी, तब तो मरना ही है, भुजंग!"

"कब, शशि?" भुजंग की आँखें कोमल हो आयीं, आवाज़ भी लरज उठी, "कब जाएगा?"

"इसी 24 को! अंचल जब गरम रहेगा, तभी पहुँच जाऊँगा। पहले देरेंगदा, उसके बाद..."

इसी ढंग से शशि महतो 'सागोयाना हटाओ' आन्दोलन को झारी महतो का बेटा, शशि महतो, आगे बढ़ाता गया।

सागौन सिर्फ सागौन नहीं था। सिंहभूम में सागौन, प्रशासन की असीम, मदमत्त प्रकृति का प्रतीक था। अगर शाल और सागौन के साथ-साथ रोपण और पलने-बढ़ने की व्यवस्था की जाती, तो सागोवाना आन्दोलन की आग, वहाँ की सूखी घास में नहीं जलती, शशि अपने जीवन में ही किंवदन्ती नहीं बनता। शाल काटकर, सागौन-रोपण करके प्रशासन ने ही बिना समझे-बूझे, परोक्ष रूप से झारखण्ड आन्दोलन में मदद की।

इसीलिए 24 नवम्बर को शशि और भुजंग भी हाथ में हँसिया लिए आदिवासी औरत-मर्दों के झुण्ड के साथ देरेंगदा जा धमका।

शाल आदिवासी, सागौन दीकू
बन्द करो सागौन रोपाई
सागवाना हटाओ सिंहभूम से
बन्द करो सागवाना रोपाई

यही नारा, समवेत स्वर में गाते-गाते वे लोग प्रचण्ड क्रोध से सागौन के तमाम चारा-पौधे काटने में जुट गये। सागौन पौधे वे लोग उखाड़ रहे थे, काट रहे थे! उखाड़कर फेंकते रहे, काटकर नष्ट करते रहे! उखाड़ते रहे, काटते रहे!

25 नवम्बर को त्रिपुरी दारोगा और पुलिस लेकर बी.डी.ओ. आ धमका। वह शनिवार था। देरेंगदा में वह हाट का दिन था।

उस वक्त वहाँ 144 धारा लागू कर दी गयी थी।

"इतने लोग यहाँ क्यों हैं?" यह सवाल करते हुए त्रिपुरी ने पहले, हाट

के अगुवा, ज्वाएस लुमदा को धर दबोचा, "क्यों? क्यों? तूने सबको क्यों नहीं बताया कि यहाँ धारा 144 जारी है?"

उस वक्त आदिवासियों ने उसे घेर लिया! त्रिपुरी का घेराव हो गया।

आदिवासियों का झुण्ड क्रुद्ध अधीरता से बार-बार नारे लगाता रहा—ज्वाएस लुमदा को छोड़ दो!

त्रिपुरी की पुलिस ने गोलियाँ बरसानी शुरू कर दीं। हाट के लोगों पर अन्धाधुन्ध गोलियों की बौछार होने लगी। गोलियों से शीर्ण होकर सोमनाथ, दुखिया और लूपा छिटककर एक ओर जा पड़े। लूपा की उम्र केवल बारह वर्ष थी।

त्रिपुरी ने कहा, "झारखण्ड शुरू किया है, शशि ने! सागवाना आन्दोलन का उसे शौक चर्राया था, मैंने वह शौक मिटा दिया। अब, बिना कोई मजूरी दिये, तुम्हीं लोगों से सागवाना-रोपाई कराऊँगा। ले, सागवाना आन्दोलन की जड़ बिल्कुल काटकर जा रहा हूँ, समझा?"

वहाँ पुलिस चौकी बिठाकर, त्रिपुरी चला गया। जाते समय, सारी लाशें भी उठा ले गया।

29 तारीख को झातो की सागौन नर्सरी जला दी गयी। उसके बाद कूरा! उसके बाद नागरकेला!

सभी सागौन-सूतिकागार आज भी विपन्न!

शशि महतो ने सागोयाना में शाल-सागौन की गाथा पर पूर्णच्छेद नहीं खींचने दिया।

उन दिनों उसके माथे पर मोटी बख्शीश का ऐलान किया गया था।

लेकिन शशि था कहाँ? भुजंग कहाँ था? वे लोग अब किंवदन्ती बन चुके थे। लेकिन एक के बाद एक सागौन नर्सरी नष्ट करती रही, नष्ट होती रही। आज यहाँ, कल वहाँ!

त्रिपुरी दारोगा छुट्टी पर गया हुआ था।

शाल या सागौन ही क्यों, कोई भी विशाल पेड़ पर नज़र पड़ते ही, शशि महतो याद आने लगता था। वह उस दिन पर नज़रें गड़ाये हुए था, जब यह डाँवाडोल थम जाएगा और पुराना मुक्ति-सूर्य दोबारा उदित होगा और त्रिपुरी दारोगा, मोहानिया जंगल विभाग की तरफ से आदिवासी-दमन

के लिए सिंहभूम में फौज उतारेंगे। मुक्ति-सूर्योदय में जितनी भी देर होगी, उधर उतना ही सर्वनाश बढ़ता-फैलता रहेगा। मुमकिन है बिना युद्ध किये, सिंहभूम में सागवान-रोपाई के लिए, सुई की नोंक बराबर भी माटी न मिले।

त्रिपुरी यही सोचता रहता था...दिन-रात सोचता रहता था...हर वक्त इसी सोच में डूबा रहता था और सागोयाना आन्दोलन जारी रहेगा...

❑❑